세상 끝의 일주일

세상 끝의 일주일

서화교 지음
이강훈 그림

주니어김영사

차 례

우리 모두 사라진다……

일주일 뒤에.

용서를 빌 시간

내가 왜 그랬을까? 여기까지 오는 동안 몇 번이나 생각을 곱씹었다. 내가 왜 그랬을까? 하고 말이다. 굳게 닫힌 문은 나에게 돌아가라고 말하는 것 같았다. 그래 돌아가자. 내가 한 일인 줄 아무도 모르는데, 6개월도 더 지난 일인데 그걸 끄집어낼 필요가 있을까?

철컹!

성처럼 삐죽 높이 서 있는 검정 대문이 양옆으로 활짝 열렸다. 고개를 들자 담장 옆 CCTV가 보였다. 어디론가 달아나고 싶었지만 지금이 마지막 기회라는 생각이 나를 붙잡았다.

'정세진, 한번 부딪쳐보는 거야. 아자!'

숨을 크게 내쉰 뒤 대문 안으로 들어가자 생각하지 못한 풍경에 입이 딱 벌어졌다. 푸른 잔디가 하늘과 맞닿아 있었고 곳곳에 잎이 무성한 나무와 형형색색의 꽃이 있었다. 집이라기보다 작은 수목원 같았다.

"아아아~ 녕!"

나는 얼른 정신을 차리고 목소리가 들리는 쪽으로 고개를 돌렸다. 오른쪽 담장 빨강 파라솔 아래에 목소리의 주인공이 있었다. 휠체어에 앉아 있는 아저씨는 한눈에 봐도 몸이 불편해 보였다. 내가 어쩔 줄 몰라 가만히 서 있자 아저씨는 아래위로 팔을 바쁘게 움직였다. 내가 누구인지도 모르면서 반갑게 손짓하는 모습을 보자 한쪽 가슴이 시큰거렸다. 나는 아저씨를 향해 발을 옮겼다.

지구로 날아오는 혜성 때문에 모든 생명체가 죽는다는 사실이 발표된 이후 사람들은 무용지물이었다. 세상 어느 곳이나 돌아이가 있고 아주 강력한 돌아이가 없다면 덜 강한 돌아이가 여럿 있어서 돌아이의 총량을 맞춘다는 '돌아이 질량 보존의 법칙'도 76억 인류가 사라지는 현실 앞에서는 무용지물이었다. 대부분의 사람은 친절하고 다정해졌다. 혹시라도 있을지 모를 천국에 가거나, 하느님이나 염라대왕에게 보일 증거를 준비하는 것처럼 착한 일을 하려고 노력했다.

지금 내가 이곳에 온 것 역시 그런 노력의 하나였다.

"아아아, 안아아자아아."

온몸의 근육을 쓰며 말하는 아저씨를 보기 안쓰러워 맞은편이 아닌 옆자리에 앉았다.

"뭐 마실래? 주스도 있고 콜라도 있는데."

맑고 친절한 목소리가 들려왔다. 하얀 이층집 현관문 옆에 아주머니가 서 있었다. 짧은 커트 머리 아주머니는 푸른 셔츠에 회색 바지를 입고 있었는데 우리 동네 아주머니들과 달리 세련되고 분위기가 있었다.

"아, 아니에요. 괜찮아요."

나는 자리에서 일어나 손을 흔들었다. 나는 손님이 아니다.

"가, 가았~고~."

불어오는 바람이 아저씨 말을 삼켰고 아저씨의 손이 정신없이 흔들렸다. 나는 허공에서 흔들리는 손을 붙잡고 싶은 충동이 들어 얼른 양손으로 깍지를 꼈다. 아주머니가 현관 안으로 들어가고 나는 다시 의자에 앉았다.

이렇게 크고 넓은 집은 처음이었다. 우리 집은 24평 아파트이고 이제껏 가봤던 집 중에 가장 큰 집은 57평이었다. 그마저도 친척 집도, 친구 집도 아닌 아파트의 모델 하우스였다. 초등학교 6학년 때, 방문만 해도 냄비와 프라이팬 같은 주방용품을 준다는 말에 엄마가 나를 끌고 갔다. 비싼 가구들과 전자 제품, 컴퓨터, 운동 기구까지 모든 것이 갖춰진 모델하우스를 본 다음부터 꿈의 집은 내가 본 57평 아파트였다. 그때 봤던 모델 하우스보다 훨씬 좋은 집이 눈앞에 펼쳐져 있었지만 그때처럼 감동을 받지 못했다. 지구가 혜성하고 박치기해서 내가 죽는 마당에 집이 무슨 소용이란 말인가. 근데 이렇게 큰 집은 몇 평이나 될까? 그리고 가격은 얼마나 될까?

"킥."

정세진, 정말 가지가지 한다. 지금 상황에서 남의 집이 몇 평이고 가격이 얼마인지 궁금해하다니. 어이가 없었다.

"머어가……."

"웃기냐고요?"

나는 아저씨의 말을 냉큼 받았다. 말을 할 때마다 얼굴의 모든 근육을 움직였는데, 웃는 건지 인상을 쓰는 건지 알 수가 없었다.

"으으응~."

'응'이라는 말 한마디가 아저씨 입에서 나오는 데도 많은 노력이 필요했다. 내가 지금 웃을 상황이 아니라는 현실을 다시 한번 깨달았다. 나는 아저씨의 얼굴을 똑바로 쳐다봤다. 그리고 속으로 물었다.

'아저씨, 억울하죠? 그렇죠?'

그날은 더웠다. 봄이 아니라 한여름 같았다. 더운 데다가 2학년에 올라와서 처음 본 시험 성적도 엉망이었다. 공부도 안 하면서 성적이 떨어졌다고 징징거리는 희철이를 떼어놓고 집 근처 산책로로 향했다. 그때 희철이랑 피시방에서 게임이나 하고 햄버거나 먹으면서 시간을 보냈다면…….

산책로에는 시작점이 어디고 끝이 어디인지 모르는 작은 하천을 중심으로 양쪽에 나무와 풀이 우거져 있었다. 한참을 걷다가 긴 의자에 앉았는데 그때 모자를 쓴 한 아저씨가 눈에 들어왔다. 아저씨는 하천에 가로놓인 나무다리 위에 쪼그려 앉아 있었다. 하천의 물이 깨끗한 탓에 평소 다리 위에서 붕어나 송사리, 버들치가 헤엄치는 모습을 쉽게 볼 수 있었다. 나는 시선을 위로 올려 나무를 보고 그 위에 빌딩을 보고 또 그 위의 하늘을 하염없이 봤다. 그러다가 의자에 벌렁 드러누웠다. 잠이라도 들면 꿉꿉한 기분이 사라지지 않을까 했지만 쉽게 잠이 들 수 없었다. 잠자는 데 실패하고 의자에 누워 있는데 다리 위에서 환하게 웃는 아저씨 모습이 눈에 들어왔다. 세상이 짜증나고 재미없는 나와 다르게 저렇게 즐겁게 웃을 수 있는 이유가 궁금했다. 나도 모르게 아저씨가 있는 나무다리 쪽으로 갔다.

아저씨는 내가 가까이 다가간 줄도 모르고 물고기에게 말을 붙이며 먹이를 주고 있었다.

"어이구, 맛있어? 사이좋게 먹어야지."

순간 갑자기 아저씨의 등을 밀고 싶다는 생각이 들었다.

나는 검지 하나로 아저씨를 다리 아래로 밀어버리는 상상을 했다. 그리고 검지를 곧추세웠다. 내 검지는 아주 강한 검지였다. 사람 한 명을 물속에 빠뜨리게 할 수 있는. 나는 파도를 타는 것처럼 검지를 장난스럽게 일렁거리며 아저씨의 등을 쿡 찌른다. 놀란 아저씨는 뒤를 돌아볼 엄두도 못 내고 엉거주춤한 자세로 양손을 들어올린다.

검지를 총으로 착각한 사람처럼 말이다. 그런 다음 아저씨는 곧바로 물속으로 고꾸라진다. 아저씨가 물속으로 사라지고 뽀글거리며 올라오던 거품도 사라지면서 수면이 잠잠해민다.

"참 좋지? 그렇지?"

아저씨 말소리에 상상은 끝을 맺지 못했다. 상상 속 아저씨는 당연히 악당이 되어야 하고 나는 용기 있는 소년으로 끝을 맺어야 하는데 아저씨의 말이 방해했다. 나는 손가락 하나가 아니라 양손에 힘을 힘껏 주어 아저씨 등을 밀었다. 그리고 첨벙 소리가 들리기 전에 뒤돌아 재빨리 달렸다.

아저씨가 쫓아와 나를 붙잡을 것만 같아 앞만 보고 달렸다. 하천의 깊이는 어른 무릎 높이 정도였다. 옷이 흠뻑 젖는 것 말고 큰 문제는 없겠지만 잡히면 골치가 아파진다. 어른에게 장난을 쳤다는 이유로 여기저기 불려가서 꾸중을 듣고 난리가 날 것이다. 어쩌면 물에 빠진 아저씨가 손해 배상을 하라면서 돈을 요구할지도 모른다. 처벌을 안 받는다 해도 경찰서에 가면 집과 학교에서도 알게 되기 때문에 일이 복잡해민다. 생각하는 것만으로 가슴이 떨렸는데 이상하게도 짜릿했다. 수많은 아드레날린이 마구 분비되는 느낌이었다. 나는 모범생이었고 모르는 사람을 해코지한 것은 이번이 처음이었다.

예전에 희철이가 동네 형 오토바이를 타다가 넘어진 적이 있는데 퉁퉁 부은 얼굴로 '정말 끝내줘. 나는 죽을 때 오토바이 타고 죽을 거야.'라고 했다. 그때 나는 희철이에게 미쳤다고 욕을 한 바가지 퍼부었는데 이제 나는 희철이보다 미친 데다 초등학생이나 할 법한 장난을 치는 유치한 놈이 됐다.

잡히지 않을까 두근거리던 심장은 시간이 지나면서 제자리를 찾았고 집, 학교, 학원을 오가는 일상이 계속됐다. 마음 한구석에 자리 잡고 있던 아저씨에 대한 미안한 감정도 서서히 사라졌다.

보통 때처럼 학원을 마치고 집으로 들어온 날이었다.

"세상이 어떻게 되려고 그러는지. 그런 놈은 꼭 잡아야 해요."

"그러니까. 무서워서 돌아다니지도 못하겠어. 혹시 애들이 장난친 것 아닐까?"

"설마 애들이 그랬을까요?"

"어휴, 말도 마. 저번에 201호 집에 도둑 들어와서 범인을 잡았더니 중학생이라잖아. 요즘은 애들 범죄도 어른 못지않다니깐."

1008호 아주머니가 엄마와 함께 있었다. 엄마는 1008호 아주머니가 성격 좋은 사람이라고 했지만 내가 보기에는 동네 사람들 일이라면 이것저것 아는체하고 오지랖이 넓은 뚱뚱한 아주머니였다. 하지만 경비원 아저씨에게 주차 문제로 시비를 거는 아저씨와 싸웠던 일이나, 택배 아저씨에게 샌드위치나 김밥을 주는 모습을 본 뒤로는 그런대로 괜찮은 아주머니라고 생각하게 됐다. 그래서 지금은 아파트에서 1008호 아주머니의 요란한 목소리를 들을 때면 당연히 상대방이 잘못했을 거라고 생각한다.

"세진이 학원 갔다 오는구나. 요즘 애들은 너무 힘들어. 하지만 어쩌겠어? 힘들수록 잘 챙겨 먹어야 하는 것 알지? 공부는 원래 엉덩이와 밥심으로 하는 거야. 세진이, 파이팅!"

1008호 아주머니가 한 손을 불끈 쥐며 파이팅 동작을 했다. 내가 아닌 또래의 누구에게나 하는 뻔한 인사지만 아주머니의 밝은 에너지가 전해지는 것 같았다. 1008호 아주머니에게 고개 숙여 인사를 한 뒤 방으로 들어오면서 방문을 살짝 열어두었다. 어느 집 할머니가 아파서 요양원에 가는데 키우던 강아지는 어떻게 할지 모르겠다는 얘기, 쓰레기 분리수거를 안 지키는 사람들한테 벌금을 물려야 한다는 얘기, 어느 집 아이가 바이올린 영재로 텔레비전에 나온다는 얘기 등이 나왔지만 내가 듣고 싶던 이야기는 없었다.

"엄마, 아까 꼭 잡아야 한다는 게 뭐야?"

수학 학원을 가기 전에 냉장고에 있는 우유를 꺼내 마시면서 엄마에게 물었다.

"뭐? 무슨 말?"

"엄마가 그랬잖아. 그런 놈은 꼭 잡아야 한다면서."

"아하, 그거."

엄마는 내 궁금증과 상관없이 온 신경이 요리 프로그램에 쏠려 있었다. 다시 물으려고 할 때 전골 요리가 화면에서 사라졌고 소파에 비스듬히 누워 있던 엄마가 똑바로 일어나 앉았다.

"그게 말이야. 요 앞 산책로 있지. 거기 다리에서 물고기 구경하는 사람을 어떤 나쁜 놈이 밀었다지 뭐니."

집 안에 들어설 때 느꼈던 불길한 느낌이 맞았다. 내 얘기였다. 하루에도 수많은 사건, 사고가 생기고 그중에서 몇 가지는 말하기도 끔찍한 것이다. 그에 비하면 내가 한 일은 커다란 종이 위에 점을 찍는 것처럼 아주 작고 사소한 일이었다. 그게 뭐라고 엄마랑 1008호 아주머니가 야단법석을 떨면서 얘기를 하는지 마음에 걸렸다. 아마 장소가 우리 동네에 있는 산책로이기 때문일 거라고 생각했다.

"장난으로 그랬나 보지 뭐."

"장난? 사람이 죽게 생겼는데 장난이라니?"

"뭐?"

나도 모르게 고함을 지르고 말았다. 나는 표정을 들키지 않으려고 얼른 우유를 마시는 척했다. 다행히 엄마는 내 반응에 신경쓰지 않았다.

"재수가 없으려면 뒤로 넘어져도 코가 깨진다고. 엎어지면서 돌부리에 머리를 부딪쳤대. 응급실에서 오늘내일한다는데……. 요 앞 주상복합 맞은편에 쭉 올라가면 큰 빌라들 있지? 거기 산다는데 얼굴 보면 나도 누군지……."

엄마 말이 더는 들리지 않았다. 어떻게 그렇게 됐을까. 나는 터져 나오려는 비명을 삼키고 흩어지려는 정신을 부여잡았다. 그리고 쉴 새 없이 움직이는 엄마 입을 바라봤다.

"하여간 그런 인간들은 꼭 잡아야 해. 사이코패스가 별건 줄 알아? 그런 인간이 사이코패스지. 난 사형 제도 찬성이야. 사람들 죽이고 반성도 안 하는 인간들을 왜 내가 낸 세금으로 밥 먹이고 살게 놔

뭐? 그런 인간들은 사회의 악이야, 악!"

엄마 입에서 나오는 말은 거침이 없었다. 엄마는 자기가 말하는 '악'에 자기 아들이 포함된다는 것을 알면 뭐라고 할까. 나는 방에 들어와 그대로 침대에 드러누웠다.

"아오, 씨!"

천장에 온갖 욕설을 내뱉은 다음에야 마음이 조금 진정되었다. 그날 이후 산책로에 간 적은 한 번도 없었다.

나는 그날을 처음부터 곱씹었다. 희철이와 헤어지고 난 뒤 갔던 길과 행동들을 최대한 기억해냈다. 농구를 하던 아이들도 있었고 산책하는 사람도 몇 명 만났지만, 눈을 맞춘 기억은 없었다. 특히 나무다리가 있던 곳에서 다른 사람을 본 기억은 나지 않았다. 기억나는 사람은 내가 등을 민 그 아저씨뿐이다. 그렇다면 목격자는 없다. 그날 입었던 옷차림을 떠올리자 아차 싶었다. 학교 체육복을 입었다. 하얀 티에 청색 반바지, 다행이라면 챙 모자를 썼다는 사실이다. 나는 벌떡 일어나 옷장 속에 있는 하얀 챙 모자를 꺼냈다. 모자를 구겨서 검정 비닐로 싼 다음 가방 안에 넣었다. 쓰레기봉투에 버렸다가는 엄마한테 들킬 염려가 있어 불안했다.

범죄를 저지른 사람들이 증거를 감추는 모습을 본능적으로 따라 하는 것 같아 겁이 났지만 방법이 없었다. 모자는 학원 근처 마트 옆에 있는 쓰레기통에 버렸다.

밥을 제대로 먹지 못하자 엄마는 여러 가지 건강 보조 식품을 먹이며 내 건강에 신경을 썼다. 눈을 뜰 때부터 잠이 들 때까지 병원에 있다는 아저씨가 죽지 않기를 바라고 또 바랐다.

"네지인~ 너 그 얘기 들었어?"

희철이가 교실에 들어서자마자 수선을 떨었다. 네진은 세진이라는 내 이름으로 희철이가 만든 별명이다. 두진이, 네진이, 오진이……. 유치해서 그만하라고 해도 희철이는 기분이 좋아지면 그 별명을 마구 불렀다. 희철이가 갖고 오는 소식들은 대부분 알맹이가 없는 것이었다. 새로 나온 성인용 게임을 소개한다든지, 아이돌 누구랑 배우 A가 사귄다든지, ○○ 선생이 누구를 예뻐한다든지, 누구의 형이 S대에 다닌다든지……. 예전 같았으면 흥미가 없어도 장단을 맞춰줬겠지만 지금은 그럴 정신이 없었다. 그 모든 것이 의미가 없었다. 딱 한 가지만 빼고 말이다.

"뭐?"

하나도 궁금하지 않지만 희철이 쪽으로 고개를 돌리며 물었다. 학교에서 말을 하는 상대라고는 지금 희철이 한 명인데 희철이가 삐치면 곤란했다.

"나무다리에서 누가 밀어서 뇌사 상태에 빠진 아저씨 있잖아. 목격자가 나타났는데 범인이 우리 학교 아이래."

"레알?"

"헐! 대박!"

"우아, 나 소름 돋았어."

"나도 위험한 것 아냐?"

희철이 주위에 아이들이 몰려들었다. 머리가 지끈거렸다. 목격자가 나타났다는 것도 기가 막힌 일인데 응급실에 있다고 들은 아저씨가 뇌사라니. 뇌사가 죽는다는 말인지 궁금했지만 정작 물어볼 수가 없었다. 대답을 듣는 것도 겁이 났고 지금 입을 연다면 아저씨를 민 사람이 나라고 털어놓는 꼴이 될까 봐 아랫입술을 깨물었다.

"누구야, 누구?"

"설마 우리 반은 아니지?"

"혹시 5반 꼴통들 아냐?"

아이들의 눈이 희철이 입에 모였다. 심장 뛰는 소리가 북소리처럼 크게 들렸지만 희철이는 내가 그랬다는 것을 모른다. 내가 범인이라는 것을 알았다면 경찰이 학교로 왔을 테고, 희철이가 나를 친근하게 부르지 않았을 테니까. 상황을 머릿속으로 빠르게 정리하자 숨 막히는 이 순간을 견딜 수 있었다.

"아직 누군지는 모르는데 우리 학교 체육복을 입고 있었대."

희철이 말에 반짝거리던 눈빛들이 한순간에 시들해졌다.

"에이. 별거 아니네. 우리 학교 체육복 입었다고 우리 학교 애라는 보장도 없잖아. 내 체육복은 우리 엄마도 입어."

"게다가 체육복은 교복 파는 데나 문구점에서 아무나 살 수 있잖아. 안 그래?"

"에이, 괜히 놀랐네."

파도가 빠져나가듯이 아이들은 제자리로 돌아갔다.

"아, 난 정말이지 너무 단순한 것 같아. 엄마한테 그 얘기 듣고서 범인이 우리 학교에 다닌다고만 생각했지 뭐야. 왜 이렇게 머리가 단순한지 모르겠어."

희철이는 자신의 머리를 검지로 톡톡 두드린 뒤 책상 위에 엎드렸다. 하지만 우리 학교 체육복을 입었다는 것까지 밝혀졌다면 언젠가는 내가 범인이라는 사실도 밝혀지지 않을까?

희철이가 갖고 온 소식은 반 아이들에게 무한한 얘깃거리를 제공했다. 학교 체육복을 범인이 입었다는 것 하나만으로도 범인은 치밀한 지능범이 됐다가 사회 부적응자, 변태가 되기도 했다.

수업 시간 내내 눈앞에 산책로 다리에 앉아 있던 아저씨의 형체가 아른거렸다. 수업이 끝나자마자 산책로로 가고 싶었지만 꾹 참았다. 아이 중 누군가가 범인은 사건 현장에 다시 온다고 말했다. 어쩌면 호기심이 강한 아이들 몇 명이 산책로 다리 부근에서 누가 오는지 살피고 있을지도 몰랐다. 나는 빨리 시간이 지나가기만을 기다렸다.

아이들의 관심이 새로 나온 RPG 게임과 인기 걸 그룹의 양다리 연애 소식으로 옮겨졌을 무렵, 나는 다시 산책로로 갔다. 한 달 만이었다. 빠르지도 느리지도 않은 걸음으로 다리 곁을 지나갔다. 텔레비전에 나오는 범죄 현장처럼 노랑 테이프가 쳐져 있지도, 경찰관이 서성이지도 않았다. 하지만 산책로를 벗어나서도 오그라든 가슴은 쉽게 펴지지 않았다.

얼마 지나지 않아 엄마에게서 그 아저씨가 퇴원했다는 얘기를 들었다. 큰 소리로 환호성을 지르고 제자리에서 방방 뛰고 싶을 정도로 기뻤다.

"정말 잘됐네."

기쁜 마음을 감춘 채 간신히 대꾸했다.

"잘되긴 뭐가 잘돼. 재수가 없어도 어쩜 그렇게 재수가 없니? 반병신이 됐다네. 대학교 교수로 번듯하게 살다가 정말 안됐어. 엄마 생각에 범인은 원한 관계일지도 몰라. 학생들이 쓴 논문을 빼앗았거나 그 교수 때문에 교수 임용이 안 됐다든지, 성추행…… 아니, 아니다. 도대체 경찰들은 뭐 하는 거야. 나쁜 놈 하나 잡지 못하고. 내가 가족이라면 지옥 끝까지 가서라도 잡을 텐데."

하늘 높이 올라갔던 내 마음은 땅 밑으로 곤두박질쳐서 지옥에 닿았다. 잠을 자도 제대로 잘 수 없었다. 산책로가 나타나고 아주 작고 왜소한 등을 커다란 손바닥이 가볍게 밀었다. 그때마다 챙 모자를 쓰고 체육복을 입은 내가 나타나 그러지 말라고 외치지만 이미 아저씨는 아래로 꼬꾸라진 뒤다. 아저씨를 찾기 위해 내려간 하천은 무릎 높이가 아니라 끝을 알 수 없을 정도로 깊고 깊었다.

평균이던 몸무게는 계속 줄어들었고 뒷머리 중앙에는 원형 탈모가 생겨서 병원에 다녀야만 했다. 하루하루 눈을 뜨는 게 무섭기만 했다. 그러던 어느 날 대통령이 뉴스에 나와 대국민 긴급 성명을 발표했다. 앞으로 약 5개월 뒤 혜성 충돌로 전 인류가 사라진다고 했다. 지름 11.5킬로미터 크기의 혜성 V가 지구를 향해 날아오고 있고, 미항공우주국을 비롯한 세계의 모든 우주 관련 기관이 혜성의 궤도를 바꾸거나 폭파시키기 위한 시도를 했지만 실패했다고 밝혔다.

"우리나라를 비롯한 전 세계 정부는 혜성 V와 지구의 충돌을 막기 위한 시뮬레이션을 수천 번 아니 그 이상 해봤지만 전부 실패했습니다. 노아의 방주처럼 사람들을 태우고 갈 우주선도 없으며, 설령 있다고 해도 지구 주변에 사람이 살 수 있는 행성은 없습니다. 세계 어느 나라도 인류의 종을 보존하기 위해 지구 밖으로 생명체를 내보내는 시도는 하지 않을 것입니다. 9월에 우리는 함께 마지막을 맞이하게 될 것입니다."

대통령이 굳은 표정으로 긴급 성명을 발표할 때 다른 나라의 대통령도 비슷한 내용의 성명을 발표했다. 인간을 비롯한 모든 생명체가 사라진다는 것이다. 처음에는 모두가 말도 안 되는 헛소리라고 부정했지만 받아들일 수밖에 없었다.

시간이 점차 지나면서 처음 두려움과 공포에 빠졌던 사람들은 분노, 화, 절망, 우울, 슬픔 등의 감정 상태에 빠졌다. 사람들은 거리로 나와 폭동을 일으켰고 은행이나 백화점을 털거나 방화, 살인, 성폭력 같은 사건들도 일으켰다. 세계 유명한 순례지에서는 하루가 멀다 하고 사람들이 떼로 죽는 일이 벌어졌고 무차별 총격 사고도 자주 났다. 총격 사고가 없는 것을 빼면 우리나라 역시 비슷한 일들이 일어났다. 비상사태를 선포한 정부는 사람들의 안전과 평화를 침범하는 행위에는 강력하게 대처했다. 분노하던 사람들은 어느 순간 모두가 죽는다는 사실을 받아들였고 혼란스럽던 상황도 조금씩 진정됐다.

희철이는 놀지도 못하고 공부만 죽어라 하다가 허무하게 죽는다고 억울해했다. 하지만 나는 내가 저지른 일 때문에 억울하지 않았다.

희철이는 125시시 이하 원동기 시험을 쳤다. 만 16세가 되어야 취득할 수 있지만 희철이가 법을 바꿨다. 우리에게 절대 올 수 없는 나이를 법으로 제한하는 것은 말도 안 된다며 남은 시간 자신이 하고 싶은 것은 하게 해달라고 1인 시위를 벌인 것이다. 평소 오토바이를 타고 싶어 했던 청소년들과 어른들이 희철이와 함께 뜻을 모았는데, 오토바이라면 질색을 하던 희철이의 엄마와 아빠도 희철이를 지지했다.

"죽이지, 엉?"

앙증맞은 노랑 스쿠터를 산 희철이는 유성 사인펜을 나에게 건넸다. 나는 희철이 스쿠터 바퀴 쪽에 '멋진 김희철, 파이팅! –세진이가'라고 적었다. 멋지다는 말은 진심이었다. 희철이는 노랑 스쿠터에 자신이 좋아하는 사람들의 응원 메시지를 전부 받을 거라고 했다.

"나는 죽을 때 오토바이 타고 앞만 보고 달릴 거야."

희철이가 국회 앞에서 1인 시위를 할 때 나는 내가 가진 모든 책을 버렸다. 학교에 갈 때보다 안 갈 때가 많았지만 어느 누구도 뭐라고 하지 않았다.

지구와 혜성이 충돌해 인류가 멸종할 확률은 3억 9천만분의 일이라고 했다. 끝내주게 재수 없는 일이 일어난 셈이다. 이 사실을 1년 전에 알았던 정부는 9월까지 필요한 물자를 충분히 확보하는 등 체계적인 대비를 하고 있었다. 집이 없는 사람들과 노숙자들에게 비어 있는 아파트와 먹을거리를 제공했다. 돈이 없어 굶거나 죽는 사람은 더는 없었다. 병원은 아픈 사람들을 공짜로 치료했고 은행은 금고에 있던 모든 돈을 꺼내 놓았다. 하지만 세상은 돈이 필요 없는 세상이 되었고 모든 백화점과 마트, 가게들이 24시간 문을 열어놓았다. 상상할 수 없었던 비싼 옷과 신발을 신을 수 있었고, 생각만으로 그치던 좋아하는 가수의 공연도 공짜로 볼 수 있었다. 그렇게 어영부영 시간이 지나 인류 멸망의 시간이 2주 남았을 때 전국에 안내 방송이 나왔다.

"버스, 지하철, 비행기, 배 등 모든 운송 수단은 9월 23일까지만 운행합니다. 꼭 만나고 싶은 분이 있다면 미리 다녀오시길 바랍니다. 우리에게는 용서를 빌 시간이 많지 않습니다."

'용서를 빌 시간'이라는 말에 가슴이 뜨끔했다. 잊지 않고 있어. 그러니까 제발 나한테 이러지 말라고 따지고 싶었다. 방송이 몇 번이나 반복해서 나왔는데, 자세히 들어보니 '용서를 빌 시간'이 아니라 '사랑을 할 시간'이었다. 왜 내 귀에는 '용서를 빌 시간'이라고 들렸는지 그 이유는 처음부터 알고 있었다.

"마아아시서어."

"예, 맛있어요."

아저씨가 무슨 말을 하려는지 신기할 정도로 금방 알게 되었다. 예쁜 아주머니는 사과 주스와 달콤한 브라우니 케이크를 가져왔다. 자꾸 권해서 어쩔 수 없이 조금 먹었는데 입안에 넣는 순간 사르르 사라졌다.

"우, 우리, 아아."

"내가 솜씨가 좋다는 말이죠."

아저씨 말에 아주머니가 미소 지으며 대답했다. 아저씨 얼굴에 웃는 주름살이 잡혔다. 시도 때도 없이 말다툼을 하는 엄마 아빠와는 전혀 다른 모습이었다. 이제는 엄마 아빠도 싸우지 않는다. 돈 문제도 내 교육 방식에도 이견이 없기 때문이다. 어렸을 때부터 싸우는 모습이 더 많았던 엄마 아빠가 요즘 들어 다정해민 것을 보면 진작 지구가 망한다고 해도 괜찮았겠다는 생각이 들었다. 엄마 아빠는 남은 시간 동안 서로를 더 많이 사랑하겠다고 한다.

"이제 네가 왜 여기 왔는지 이야기해야 하지 않을까?"

올 것이 왔다. 나는 들고 있던 포크를 제자리에 놓고 사과 주스를 단번에 마셨다.

"제, 크웩!"

사레가 들어서 재채기가 나오고 입에서 주스가 흘렀다. 못 볼 꼴을 보이는 것 같아 창피했다. 손으로 입을 가린 채 어쩔 줄 몰라 하는데 꽃무늬가 그려진 수건이 눈앞에 보였다. 나는 얼른 수건을 받아 들고 입가를 닦았다.

"괘에엥에, 차아니이?"

아저씨 말이 느린 노래 가락처럼 들려왔다.

"정말 잘못했어요."

말을 끝내기 무섭게 고개를 숙였다. 아주머니와 아저씨는 내 말에 어떤 대꾸도 하지 않았다. 대답을 기다리는 순간이 너무도 괴로웠다. 여기에 오면서 별별 생각을 다했다. 온갖 저주의 말을 퍼부을 것이고 때리거나 경찰에 신고할 수도 있다. 그리고 어쩌면 마지막 날까지 엄마 아빠와 함께 지낼 수 없을지도 모른다고 생각했다.

"뭐어어어, 가아아?"

"아저씨 등을 민 사람, 저예요. 제가 그랬어요. 정말 죄송해요. 잘못했어요. 제가 미쳤었나 봐요. 용서해주세요."

오는 내내, 아니 예전부터 준비했던 말은 입 밖으로 꺼내지 못했다. 준비한 말과 다르게 마음속의 감정들이 뒤섞이면서 제멋대로 말이 나왔다.

"으에에엥~!"

아저씨 입에서 날카롭고 큰 비명이 나왔다. 급한 환자를 싣고 가는 구급차에서 나는 소리처럼 불안하고 위태로웠다. 휠체어가 덜컹거리면서 금방이라도 엎어질 것 같아 일어났는데, 나보다 빨리 일어난 아주머니가 아저씨를 껴안았다.

"여보, 괜찮아요. 내가 있어요. 쉿, 괜찮아요."

아기를 다독거리는 것처럼 아주머니는 아저씨의 귀에 속삭였다. 내가 함께 있다는 것을 잊은 것처럼 한참을 그 자세로 있자 아저씨의 몸부림이 잦아들었다.

한숨을 돌린 아주머니는 주스 잔을 들고 빨대를 아저씨 입에 갖다 댔다. 순한 눈빛으로 변한 아저씨는 조금 전 소리를 지른 사람과 전혀 다른 사람처럼 보였다. 아저씨는 맛있게 주스를 빨아 마셨는데 한쪽 보조개가 살짝 패는 모습이 귀여웠다.

"아저씨 이름은 정택근이고 한국대학교에서 환경학을 가르치고 있었어. 몸이 건강했을 때까지 말이야. 우리 아저씨가 네게 못된 짓을 했니?"

"아니요, 아니에요!"

"그런데 왜 그랬니?"

"저도…… 모르겠어요."

내 기분이 나빠서였는지 웃고 있는 아저씨의 모습이 싫어서였는지 정확한 이유를 모르겠다.

"큭!"

당연히 화낼 거라고 생각했던 아주머니가 웃었다.

"전부 몰랐다는 말뿐이네. 여보, 그렇죠?"

"드으어어가~!"

아주머니가 벌떡 일어나 아저씨의 휠체어를 밀려고 했다. 나도 따라서 일어났다. 아저씨를 그냥 보내면 안 된다는 생각이 들었다.

"죄송합니다. 정말로 잘못했어요. 앞으로 안 그러겠습니다."

고개를 쉴 새 없이 굽히고 굽혔다. 태어나서 이렇게까지 고개를 숙인 적은 한 번도 없었다.

"나아아느으은, 요오옹서, 해에."

아저씨 말이 떨어지자 참았던 눈물이 떨어졌다. 그 말을 못 듣는다면 죽는 순간까지 죄책감에 시달릴 것 같았다. 방송에 나오는 것처럼 사랑할 시간이 얼마 남아 있지 않고, 엄마 아빠와도 좋은 시간을 보내야 하는데 말이다.

"잠깐만 기다리렴."

아주머니가 내게 말했다. 나는 아저씨가 안으로 들어가는 모습을 보고 나서 간신히 의자에 앉았다. 흘러내리는 눈물을 닦아도 닦는 만큼 다시 흘러내렸다.

금방 나올 줄 알았던 아주머니는 한참 뒤에야 나왔다. 아주머니 얼굴은 땀범벅이었다.

"간 줄 알았는데 기다렸구나. 착하네."

착하지 않다는 말을 이런 식으로도 할 수 있다는 생각이 들었다. 해가 뉘엿뉘엿 지면서 하얀 이층집이 주황색으로 물들었다.

"너까지 여섯 명이구나."

나는 무슨 말인지 몰라 고개를 들어 아주머니를 바라봤다.

"우리 남편을 저렇게 만든 사람을 만나면 가만히 안 두겠다고 생각했어. 그래도 남편을 살리는 게 급해서 범인 잡는 것은 생각도 못 했지. 다행히 남편은 살았고 그 이후 불편해도 이렇게 사는 수밖에 없다고 생각했어. 그런데 지구가 멸망한다고 하니까 사람들이 하나둘씩 찾아와서 내 남편을 떠민 게 자기라고 하더라."

"예에?"

아저씨를 민 사람은 나다. 그런데 왜 다른 사람이 자기가 했다고 하는지 당황스러웠다.

"이해가 안 되지?"

"예."

"범인은 한 명인데 여러 사람이 자백하니깐 말이야. 틀림없이 우리 남편을 민 사람은 한 명일 거야. 난 너뿐만 아니라 남편을 찾아와서 용서를 빈 모든 사람이 범인이라고 생각해. 남편이 아니더라도 누군가의 등을 밀고 해를 끼쳤을 테니까. 우리 남편이 그중 누군가에게 상처가 되는 말이나 행동을 했다면 이해하려고 했어. 그런데 하나같이 이유가 없어. 모두 왜 그랬는지 모르겠다는 말뿐이야. 우리 남편은 잘못했다는 얘기를 들을 때마다 용서한다고 해. 지능이 일곱 살짜리 아이가 되어도 사람들이 왜 자신을 찾아왔는지 아는 것 같아. 앞으로 우리가 사라지는 날이 오늘 빼고 일주일 남았다. 그치?"

나는 아무 말도 못 했다. 아저씨 몸이 불편하고 말하는 게 어눌하다고만 생각했지 지능까지 일곱 살짜리 아이가 된 줄은 상상도 못 했다. 지금 이 순간 바람처럼 사라질 수만 있다면 바람이 되어도 괜찮겠다는 생각이 들었다. 아주머니가 일어나서 대문 쪽으로 향했다. 나는 아주머니의 뒤를 따라갔다. 아주머니는 대문을 활짝 열었다.

"여기 오는 데 많은 용기가 필요했을 거야. 너보다 큰 잘못을 저질러도 사과나 반성 없이 뻔뻔하게 잘사는 사람들도 많아. 그런 세상이라고 해도 나는 용서 못 해. 아니 안 해. 너뿐만 아니라 남편을 찾아온 모든 사람을 죽는 순간까지 저주할 거야. 너 때문에 소중하고 아까운 시간을 나와 우리 딸은 병원에서 보냈어. 남편은 지금이 얼마나 소중하고 아까운지도 몰라. 난 그런 남편을 보면서…… 시간을 보내야 하고. 이게 네가 우리한테 한 일이야."

대문이 닫혔다. 들어가기 전까지만 해도 크고 높다고만 생각했던 대문이 한순간에 무너질 정도로 허술하게 보였다. 아주머니는 내게 눈물 한 방울 안 보였지만 집으로 돌아가는 내내 아주머니의 울음소리가 내 뒤를 따라왔다. 집까지 보통 걸음으로 20분도 안 되는 거리인데 이날은 한참 걸렸다.

처음부터 용서를 받을 수 없는 잘못이었다.

해피엔딩

나는 수집가다. 수집가라고 하면 화폐나 동전, 인형, 컵, 그림, 음반 등을 수집하는 사람을 떠올리는데 내가 수집하는 것은 물건이 아니다.

나는 기억을 수집하는 기억 수집가다. 나는 사람들의 머릿속에 담겨 있는 기억을 수집해 기록하고 저장한다. 차에 깔린 소녀를 구하기 위해 차를 들어올린 아주머니의 기억부터 수요일마다 보라색 두건을 쓴 할머니, 김밥 두 줄로 사흘을 견디면서도 무대를 포기하지 않은 연극배우, 지도 교수한테 구타를 당해 병원에 입원한 대학원생, 가출해서 땅끝 마을부터 서울까지 도보로 여행을 하는 고등학생의 기억까지. 여러 가지 기억을 듣고 기록했다.

오늘 내가 수집할 기억은 바로 내 기억이다. 17년 전 한림초등학교 5학년이었던 최정윤의 기억을 수집한다. 예전부터 몇 번이나 시도했지만 수집하는 데 번번이 실패했다. 오늘은 무사히 끝내기를 바라며 소형 녹음기의 녹음 버튼을 눌렀다.

"7월 23일 기억 수집 대상자 최정윤, 나이 29세. 수집할 기억은……."

침묵이 길어져 정지 버튼을 눌렀다. 역시 나의 기억을 수집하는 일은 쉽지 않았다. 가슴 속이 막혀서 소리가 제대로 나오지 못했다. 어쩌면 나의 기억을 제대로 기록하지 못한 채 삶이 끝날지도 모른다는 조바심이 났다. 한참을 우두커니 앉아 벽을 바라보다가 외출 준비를 했다. 얼굴을 씻고 양치질을 하고 오랜만에 공들여 화장을 했다. 가장 아끼는 원피스를 입고 위에 하얀 재킷을 걸쳤다.

"좀 예쁘게 입고 다녀. 만날 선머슴처럼 입고 다니지 말고. 엄마가 지난번에 사준 원피스는 왜 안 입어? 그거 사는 데 내가 얼마나 큰마음을 먹었는지 알아?"

쉴 새 없이 잔소리하는 엄마 모습이 떠올랐다. 원피스를 입고 한껏 멋을 낸 내 모습을 엄마가 보았다면 "역시 내 딸이야!"라며 요란법석을 떨었을지도 모른다.

엘리베이터를 탔는데 1307호 아주머니가 타고 있었다.

"어머, 누군가 했네. 자기, 진작 이렇게 하고 다니지 그랬어? 너무 예쁘다. 애인 만나러 가?"

"예, 애인 만나러 가요."

"정말? 그래서 그렇게 활짝 웃고 있었구나. 그렇게 주변이 사방사

방해졌어."

1층에서 내린 나는 1307호 아주머니와 아파트 단지 입구까지 함께 걸었다.

"자기야."

아주머니가 갈 곳과 나에게 할 말이 무엇인지 알고 있다.

"우리 교회 한 번 나오라니까. 난 자기가 하나님 모르고 사는 게 너무 안타까워서 그래. 믿으라고 강요는 안 할게. 그냥 대신 한 번 나와서 우리 목사님 말씀만 들어봐."

3년 전 이곳에 이사 온 이후 나를 볼 때마다 교회 이야기를 단 한 번도 빠뜨리지 않았다. 덕분에 도시 곳곳에서 만나는 교회나 전도하는 사람을 볼 때면 자연스럽게 1307호 아주머니가 떠올랐다. 그냥 한 번 따라가보는 것도 괜찮았을 텐데 마음이 움직이지 않았다.

"사랑 많이 하고 살아."

아주머니의 뜬금없는 소리에 대꾸할 타이밍을 놓치고 아주머니의 뒷모습만 바라봤다. 잠시 뒤 정신을 차린 나는 아주머니를 따라잡기 위해 뛰었다. 굽이 높은 구두 때문에 발을 내디딜 때마다 충격이 발에 고스란히 전해졌다.

"헉헉, 아주머니."

교회로 들어가려는 아주머니가 멈춰서서 고개를 돌렸다.

"아주머니도…… 헉헉…… 잘 지내세요. 사랑도 많이 하시고요."

내 말에 아주머니는 활짝 웃으며 한 손을 들어 흔들었다. 아주머니가 교회로 들어가는 모습을 보고 지하철역 방향으로 걸어갔다. 거리는 사람들로 붐볐지만 조용하고 질서정연했다. 지하철을 두 번 갈아타는 동안 몇 번 어깨를 부딪쳤는데도 화를 내거나 째려보는 사람이 한 명도 없었다. "죽기 전에 회개하라!" 하며 고래고래 소리 지르는 사람에게 어떤 아저씨가 "죽기 전에 목이 나가겠네!"라는 말을 해 웃음이 터지기도 했다. 모든 사람이 착해진다는 게 불가능하다고 생각했는데 지금은 가능할 것 같다. 어쩌면 인류 역사 이래 이렇게 평화로운 세상은 처음이 아닐까? 마지막이 더 가까워지면 어떻게 될지 모르지만 말이다. 진작 이렇게 사람들의 마음이 넉넉하고 너그러웠다면 기쁘거나 행복한 기억이 많았을 텐데. 내가 수집한 기억들은 슬픔과 불행이 더 많았다.

세 시간 뒤 한림초등학교에 도착했다. 교문은 활짝 열려 있었지만 사람은 보이지 않았다. 운동장 한쪽 벽면에 기다란 나무 탁자와 의자가 있었지만 그옆에 있는 나뭇등걸에 걸터앉았다. 그리고 녹음기의 녹음 버튼을 눌렀다.

초등학교 5학년이 된 첫째 날이었습니다. 새로 온 여자 선생님이 담임이 되었는데…… 그런 느낌 있잖아요. '나랑 맞지 않을 것 같은 사람이구나.' 하는 느낌이오. 선생님 이름은 기억나지만 그냥 K라고 할게요. K와 인사를 한 뒤 가장 먼저 한 일은 짝꿍을 정하는 거였어요. K는 남자 여자 모두 키 순서대로 줄을 서라고 했어요. 우리는 서로의 키를 눈이나 손을 이용해 재면서 자기 자리를 찾았어요. 친한 친구끼리 줄을 서도 짝이 되는 게 아니니까 다른 친구들과 키를 맞추면서 줄을 섰지요. 나는 안 보는 척하면서 남자아이들이 줄 선 모습을 계속 살폈어요. 승환이가 몇 번째 줄에 섰는지 알고 싶었거든요. 승환이가 나랑 같은 반이 되었을 때 얼마나 기뻤는지 몰라요. 승환이가 몇 번째 줄인지 눈으로 몇 번이나 세고 또 셌어요. 근데 세상에, 나랑 똑같이 열여섯 번째 줄에 서 있는 거예요. 그때부터 내 몸의 모든 세포가 들썩였어요. 얼굴이 실룩거리면서 웃음이 나오려고 해서 혀를 살짝 깨물며 참았지요.

그때 선생님이 나를 뒤로 밀치더니 내 자리에 다른 아이를 세웠어요. 상지였어요. 3학년 때 같은 반이었는데 나랑도 친하게 지냈어요. 외국 영화배우처럼 눈, 코, 입이 또렷하게 생겼는데, 짓궂은 남자아이들은 상지를 인도 아이라고 놀렸어요. 그럴 때면 저는 상지 편에 서서 싸우기도 했어요. 반장인 까닭도 있었지만, 솔직히 길쭉한 눈에 밋밋한 코와 입을 가진 나는 상지의 외모가 많이 부러웠거든요.

"선생님! 상지가 더 커요."라고 말하고 싶었지만 말할 수 없었어요. 처음 만난 선생님의 말을 안 듣는 아이가 되고 싶지 않았거든요. 아이들은 상지에게 부러움의 눈길을 보냈고, 양쪽 뺨이 발갛게 변한 상지는 한쪽 손으로 부채질을 하며 들뜬 마음을 가라앉히려고 했어요. 눈앞에서 내 자리를 뺏긴 나는 속상해서 눈물이 나오려고 했어요. 선생님이 승환이랑 상지를 짝으로 앉히기 위해 우리가 공정하게 선

줄을 망쳤으니까요. 한참 뒤에야 나랑 짝이 된 애가 재우인 걸 알았어요.

잘난척 대마왕 재우는 자신에게 말을 걸지 말라고 했어요. 나는 그 말에 대꾸도 안 했지요. 승환이가 동화에 나오는 왕자라면 재우는 그림자나 배경이었으니까요. 불행한 일은 왕자가 내 앞자리에 상지랑 나란히 앉은 거였지요. K의 말이 끝날 때까지 나는 책상만 뚫어지게 쳐다봤어요.

K는 상지를 많이 예뻐했어요. K의 관심 덕분인지 상지의 성적은 엄청 올라서 내 성적을 앞서기 시작했어요. 4학년 때까지 반장을 도맡으며 선생님에게 칭찬만 받던 나는 어느 순간 아무것도 아닌 아이가 되었어요. 글짓기 대회도 과학 경연 대회도 모든 교내외 행사에 상지와 승환이가 나갔어요. 나는 단 한 번도 나가지 못했지요.

상지와 승환이는 모두의 부러움을 받으며 커플링을 끼고 사귀는 사이가 됐어요. 상지가 아니었다면 내가 승환이와 사귀었을 텐데, K가 망쳐버린 거예요. 나중에 들은 얘기에 따르면 상지 엄마와 K는 같은 대학교 선후배 사이라고 했어요.

관심에서 밀려난 나는 만화에 빠졌어요. 만화 속 외롭고 평범한 주인공이 예쁘지만 마음씨가 나쁜 여자의 모함을 받아 위험한 상황을 맞이해요. 하지만 주인공은 슬기로운 지혜로 위험한 상황을 이겨내고 멋진 남자와 사랑을 해요. 지혜도 없고 씩씩하지도 않은 나는 만화를 보면서 지금과 다른 나를 꿈꾸었어요.

만화방 구석 테이블에 앉아 만화를 보던 어느 날이었어요. 승환이가 다가와서 말을 걸었어요.

만화방에는 전혀 오지 않을 것 같던 승환이가 만화를 좋아했던 거예요. 처음에는 나랑 다른 테이블에 앉아서 봤는데, 자꾸 만나다 보니 나랑 같은 테이블에 마주 앉거나 옆자리에 앉아서 만화를 보게 됐어요. 승환이는 드래곤볼이나 슬램덩크 같은 만화책을 읽었어요. 나는 순정 만화책 대신에 승환이가 보는 만화책을 봤어요. 한 권의 만화책을 함께 볼 때도 있었는데 정말로 행복한 시간이었죠. 재미있는 장면이나 아슬아슬한 장면에서 승환이가 양손으로 만화책을 가리기도 했어요. 승환이가 천천히 손을 내릴 때면 마음속에 노란 꽃가루가 이리저리 날아다니면서 간질간질했어요. 내가 이미 읽은 만화책을 승환이와 함께 읽기도 했는데 처음 읽는 책처럼 새롭고 재미있었어요. 만화책을 읽고 신나서 이것저것 이야기를 할 때면 승환이도 즐겁게 맞장구를 쳤어요. 내가 하는 이야기를 그렇게 진지하게 들어준 사람은 승환이가 처음이었어요.

승환이와 나는 약속한 것은 아니지만 학교에서는 서로 이야기를 안 했어요. 그래서인지 만화방에서 승환이와 만나는 시간이 나에게는 무엇보다 소중하고 의미 있는 시간이었어요.

그러던 어느 날이었어요. 반에서 누군가 돈을 잃어버렸다고 했어요.

"우리 반에서 이런 일이 생겼다고 해서 나는 절대 실망하지 않는다. 사람은 누구나 실수를 할 수 있거든. 세계에서 유명한 사람들을 보더라도 어릴 때 거짓말쟁이나 말썽꾸러기가 많지. 돈을 훔친 친구가 이번 기회에 자신의 잘못을 뉘우치고 반성한다면 우리 모두 용서할 거야. 얘들아, 그렇지?"

"네에."

K의 번드르르한 말에 아이들은 떨떠름한 얼굴로 대답했어요. 반성한다고 해도 돈을 훔쳤다는 사실은 변하지 않을 거고, 용서한다는 말은 너랑 상대 안 하겠다는 말이랑 똑같았지요.

"가져간 돈은 수업 마칠 때까지 교실 뒤 도구함에 넣어두렴. 잘못을 바로잡을 기회를 주는 거니까 꼭 넣어두기를 바란다."

나는 K의 말에 콧방귀를 뀌었어요. 훔친 아이한테 갖다놓으라는 게 말이 안 되잖아요. 안 그래요? 돈을 쉽게 훔치는 아이는 없을 거예요. 많은 생각과 고민을 한 다음에 훔치죠. 들킬 수도 있다는 위험을 감수하면서요. 선생님 말 몇 마디에 훔친 돈을 갖다 놓을 거라면 처음부터 훔칠 리가 없죠. 저학년이라면 몰라도 5학년이라면 돈을 갖다놓아도 자신이 도둑이라는 사실이 변하지 않는다는 것을 알아요. 들키지 않을 수 있었는데 오히려 갖다놓다가 들킬 수도 있고요. 들킨다면 졸업할 때까지 아니 중학교에 간다고 해도 도둑이라는 꼬리표가 따라붙겠죠.

수업이 끝난 뒤 K는 한눈에 보기에도 화가 많이 난 얼굴이었어요. 나는 누구보다 우리 교실의 평화를 위해서 범인이 돈을 갖다 놓기를 바랐지만 내 예상이 맞았지요. 한숨을 푹 내쉬는데 내 눈과 K의 눈이 허공에서 만났어요.

'네가 그랬지? 나는 알아.'

'말도 안 돼요. 내가 왜요?'

나는 피식 웃으며 K의 눈을 피하지 않았어요. 그런데 갑자기 머릿속이 싸늘해졌어요. 지갑 생각이 난 거예요. 지갑에 이만 원도 넘는 돈이 있었거든요. 그걸 떠올리자마자 마음이 조마조마해졌어요. 작년 같으면 내 지갑에 아주 많은 돈이 있어도 선생님은 나를 범인이라고 생각하지 않았을 거예요. 하지만 K는 예전 선생님처럼 나를 믿어주는 선생님이 아니고, 나 역시 모든 아이가 부러워하던 정윤이가 아니었어요. 그림자처럼 있는지 없는지도 모르는 존재가 되었지요.

지갑에 있는 돈을 진작 생각했다면 화장실에 가서 버렸을 거예요. 의심을 받는 것보다 돈이 없는 게 나으니까요.

"가방 속에 있는 것 전부 꺼내 책상 위에 두도록 해. 하나도 빠짐없이. 기회는 충분히 줬다고 생각해. 어떻게 우리 반에서 이런 일이 생긴 건지 너희한테 정말 실망이야. 모두 눈을 감아."

K는 긴 지휘봉을 쥐고 있었어요. 아이들의 숨소리 사이로 K가 책상 위의 물건들을 살피고 가방을 뒤적이는 소리가 들렸어요. 시간이 지나고 K의 발소리가 내 옆에서 멈췄어요. 책상 위에 놓인 필통과 지갑을 여는 기척이 났어요. 어느 순간 내 얼굴이 따가웠어요. 선생님은 나를 마지막으로 더는 다른 아이들의 물건을 살피지 않았어요. 교탁 앞에 선 K는 눈을 뜨라고 했어요.

"잃어버린 사람은 있는데, 훔친 사람은 없어. 충분히 기회를 줬는데……. 선생님이 너희를 잘못 가르쳤나 보다. 오늘 숙제 잘해 오고, 이상."

K가 하는 말이 이해되지 않았어요. 어떻게 잃어버린 것의 반대가 훔친 게 되죠? 주운 것일 수도 있잖아요. 그날 나는 수업이 끝난 뒤에도 집에 갈 수 없었어요. 선생님이 내게 쓴 메모 때문이었지요.

'교실에서 기다려.'

나는 교실에서 만화책을 읽으며 K를 기다렸어요. 지금 생각해보면 그게 K의 마음을 상하게 했나 봐요.

"나는 누구나 실수할 수 있다고 생각해. 잘못을 인정하고 반성하면 되니까. 그런데 너는 네가 한 일이 나쁜 일이라고 생각도 안 하는구나."

처음에는 K의 입에서 나오는 말이 무슨 소리인지 몰랐어요. 뭘 인정하고 반성해야 한다는 건지. 그러다 K가 나를 범인으로 생각하고 있다는 것을 깨달았어요.

"난 아니에요. 내가 안 훔쳤어요."

"나도 그러길 바란다. 근데 이건 뭐라고 이야기할 거니? 엄마가 주신 용돈 치고는 너무 많지 않니? 돈을 지갑에 안 넣고 왜 책 사이에 끼워뒀지? 네가 훔쳐서 그런 것 아니니? 엄마께 여쭤볼까?"

"안 돼요!"

내 말에 K는 꼬리를 잡았다는 듯이 살짝 웃었어요.

"말할 수 없는 돈이지. 그렇지?"

나는 고개를 끄덕였어요. 말할 수 없는 돈이 맞아요. 하지만 그 뜻이 훔친 돈이라는 뜻은 절대 아니에요. 그 돈은 친엄마가 준 돈이었어요. 나는 엄마가 두 명이에요. 그걸 새엄마한테 말하면 친엄마한테 보낼 것 같았어요. 친엄마는 내가 아버지 집에서 쫓겨나면 보육원에 가야 한다고 했어요. 머리가 터질 것만 같았지요.

"훔친 돈이 아니라고요. 진짜예요. 믿어주세요."

"정윤아, 네가 훔치는 것을 본 사람이 있어."

"아니에요. 전 정말 안 그랬어요."

"변명하지 마. 진실은 하나야. 상지가…… 아무튼 너를 본 사람이 있어."

K의 얼굴은 의기양양했어요. 쥐를 몰아세운 고양이 얼굴 같았어요.

"나쁜 년."

없는 일을 만들어 꾸민 상지가 너무 미워서 나도 모르게 입 밖으로 욕이 나오고 말았어요.

"참, 내가 너 같은 아이랑…… 수준하고는."

K는 오만상을 구겼어요. 그녀는 내가 처음부터 문제아였던 것처럼 말했어요. 반성문을 쓰라고 했지만 나는 쓰지 않았어요. 나는 상지가 왜 나를 범인이라고 했는지 그 이유를 알고 있었어요. 나 때문에 승환이랑 싸웠다는 얘기를 들었거든요. 반성문을 쓰지 않자 K는 나를

교무실 앞 복도에 꿇어앉아 있으라고 했어요. 지나가던 4학년 때 담임선생님이 나를 알아봤어요.

"정윤아? 무슨 잘못을 한 거야?"

나는 고개를 젓기만 했어요. 입을 열면 울음이 나올 것 같았거든요. 행복했던 4학년 때로 돌아가고 싶었어요. 나를 살피던 선생님이 헛기침을 하며 교실로 들어간 뒤 얼마 지나지 않아 다시 나왔어요.

"정윤아, 이제 집에 가도 돼. 나는 정윤이가 그러지 않았다고 믿어. 진실은 언젠가 밝혀지는 것 알지?"

4학년 때 담임선생님이 내 어깨를 토닥여줬지만 위로가 되지 않았어요. 지금 내 담임선생님은 나를 믿지 않는 K니까요.

나를 믿지 않는 사람은 집에도 있었어요. 새엄마도 K랑 비슷한 이야기를 했어요.

"다시는 그러지 않겠다고 약속해."

나는 입을 다물었어요. 새엄마가 커다란 매를 들고 엄포를 놔도 잘못했다고 말하지 않았어요. 결국 새엄마가 때렸는데 얼마나 맞았는지 기억조차 나지 않아요.

"잘못했다고 해. 제발."

새엄마 말에도 나는 고개를 저으며 울기만 했어요. 아팠지만 내가 하지 않은 일을 했다고 할 수는 없었으니까요. 독립 운동을 하다가 붙잡혀 고문을 받은 분들이 얼마나 대단한지 절로 생각이 났어요.

나는 끝까지 잘못했다는 말을 하지 않았고 결국 제풀에 지친 새엄마는 매를 놓았어요. 힘이 빠진 나는 그대로 잠이 들었는데 코를 찌르는 강한 연고 냄새 때문에 깨고 말았어요.

"참, 이렇게까지 때리면 어떡해요? 오빠 알면 어쩌려고요."

고모가 엉덩이에 연고를 바르며 호호 입바람을 불었어요.

"알면 알라지 뭐. 나랑 의논도 하지 않고 떡하니 데려와서는……. 정윤이가 나쁜 길로 빠질까 봐 무서워요. 벌써 도둑질을 하고 끝까지 잘못했다고 말을 안 하는데, 정윤이를 어떻게 해야 할지 막막하고 무섭더라고요. 내가 정말 얘 끝까지 키울 수 있을까요? 고모, 정윤이 친엄마한테 보내면 안 될까요?"

아슬아슬하게 나를 지탱해주던 끈이 뚝 끊어졌어요. 세상에 나를 사랑해주는 사람이 아무도 없다는 사실이 너무 슬퍼 눈물이 났지요. 출장에서 돌아온 아빠는 새엄마랑 대판 싸움을 했고 나는 몇 날 며칠을 앓았어요. 학교에 다시 갔을 때 나를 보는 아이들의 눈이 바뀌어 있었어요. 4학년까지만 해도 선생님께 귀여움 받고 친구들이 부러워하던 최정윤은 사라지고 거짓말쟁이에 도둑질하는 최정윤만 남은 거예요. 나는 그전에 일어났던 크고 작은 분실 사고의 범인까지 되었지만 아무런 변명도 하지 않았어요. 아무리 놀려도 눈 하나 깜짝하지 않았고, 휴지를 나한테 던지거나 꼬챙이로 나를 찔러도 비명 한 번 지르지 않았어요. 나는 학교와 집을 기계처럼 왔다갔다했어요. 나를 그렇게 떨리게 만들던 승환이도, 세상에서 제일 나쁜 아이 같던 상지도 더는 나랑 상관이 없었어요. 빨리 어른이 되어 집을 나가는 게 나의 가장 큰 바람이 되었어요.

체육 시간에 뜀틀 넘기를 했어요. 아이들 대부분이 풀쩍풀쩍 나비처럼 날았어요. 뜀틀을 넘지 못하고 엉덩이를 걸치거나 구름판 위에서 멈추는 아이들도 있었는데 나도 그중 하나였어요.

"요까짓 것도 못하면서 앞으로 무슨 일을 할 수 있겠니? 겁 내지 말고 다시 해봐!"

K는 뜀틀을 못 넘는 아이들이 넘을 수 있도록 개인 지도를 했는데, 나만 끝까지 남고 말았어요. 종이 울릴 때까지 나는 뜀틀을 넘지 못했어요.

"아이고, 너는 가지가지 한다."

K는 한숨을 내쉬며 고개를 크게 저었어요. K가 그러지 않아도 내 기분은 이미 바닥이었어요. 내 자신이 너무 바보 같아서 속으로 온갖 욕을 퍼부었어요. 쓸쓸하고 막막하고 서러웠어요.

녹음을 하는 중간중간 나는 몇 번이나 기억을 멈추고 싶었다. 하지만 그때마다 힘들게 자신의 기억을 끄집어냈던 다른 사람들의 모습을 떠올렸다. 가게에 들어가 차가운 생수를 사서 들이키자 할 일이 떠올랐다. 나는 휴대전화로 전화를 걸었다. 신호에 이어 경쾌한 목소리가 들렸다.

"오, 웬일이야?"

작년에 상지가 그룹 채팅방을 만들면서 나도 초대를 받았다. 상지는 다섯 살 아들과 딸 쌍둥이를 둔 엄마가 됐는데, 딸들이 아들을 이겨 먹는다고 걱정이 이만저만이 아니다. 인류가 멸망한다는 뉴스를 들었을 때 대부분의 사람은 울고 불며 억울해했다. 특히 자식이 있는 사람들은 자식이 불쌍하다며 애통해했다. 방법이 없다면 받아들이는 게 좋다. 긍정적으로. 상지는 세상에서 사라진다는 사실을 잊고 살기로 했단다. 아이들에게 세상이 얼마나 놀랍고 아름다운 곳인지 알려주느라 바쁘게 하루를 보내고 있었다.

"그냥 잘 지내나 싶어서."

"나야, 정신이 없지. 애들 때문에 죽겠다, 죽겠어."

쌍둥이 아이들과 함께 찍은 상지의 얼굴이 떠올랐다. 세상에서 제일 행복한 얼굴을 찾으라고 하면 그런 얼굴이 아닐까.

"한 가지 물어볼 게 있어서. 초등학교 5학년 때, 반에서 어떤 애가 돈을 잃어버려서 범인을 찾는다고 그랬잖아."

속으로 진땀이 흘렀지만 확인을 하고 싶었다.

"으응? 그런 일 있었어?"

"응. 7월 초에 있었는데."

"글쎄……. 하긴 반에 돈 잃어버리고 울고불고하는 애들이 한두 명은 꼭 있었지. 그러면 선생님은 범인 찾는다고 난리 치고 훔친 애는 아니라고 끝까지 우기고. 어휴, 애 낳으면 기억력도 나빠진다는데 내가 딱 그래. 기억이 뒤죽박죽 엉망이야. 벌써부터 깜박거린다니까. 5학년 때만 아니라 매년 있었던 것도 같아. 근데 그때 누가 범인이었어?"

상지의 말에 나는 아무런 대꾸를 할 수 없었다. 범인은 나였지만 내가 아니라고.

"야, 내 말 듣고 있어? 정윤아?"

"응. 듣고 있어. 그때 선생님은 네가 돈을 훔친 사람을 봤다고 했어."

"뭐? 얘, 말도 안 돼. 내가 아무리 기억력이 떨어졌다고 해도 내가 범인을 봤다면 기억을 하겠지. 근데 나 기분 안 좋으려고 해. 네가 꼭 나를 조사하는 것 같아."

무슨 기억이 난 걸까? 상지의 말이 뾰족했다.

"아니야. 조사는 무슨…… 갑자기 옛날 생각이 나서."

"나도 그렇긴 해. 죽을 때가 돼서 그런지 갑자기 옛날 일들이 주르륵 떠오를 때가 있는데 사실 많이 억울해. 그래도 애들 보면 시간이 어떻게 가는지 몰라. 오늘 애들 데리고 나들이 가려고 했는데 아침부터 진이 다 빠져서……. 다희야, 오빠한테 왜 그래? 여보, 애들 좀 봐……. 내가 무슨 얘기했지? 내가 또 이런다. 난 5학년 때 담임이 제일 싫었어. 우아한 척 하면서 영어 쓰고. 그때 몇몇 애들만 너무 편애하지 않았냐?"

30분 이상을 혼자 떠든 상지는 쌍둥이가 우는 소리를 끝으로 인사도 제대로 하지 않고 끊었다. 5학년 때 담임은 K다. K가 대놓고 예뻐한 아이가 바로 상지였고, K 덕분에 상지는 졸업할 때까지 인기 있는 아이가 됐다. 상지는 어떻게 그 사실을 잊을 수 있을까? 상지의 기억력은 상지의 말대로 엉망진창이었다.

나는 수많은 사람들을 만나고 집을 방문했다. 그러면서 집에도 표정이 있다는 것을 느꼈다. 집은 그 안에 사는 사람의 표정과 닮았다.

K의 집에 도착했다. 현관문에 들어서자마자 넓은 거실이 눈에 들어왔다. 커다란 3인용 소파가 차지한 윗벽에는 가족사진이 걸려 있고 맞은편에는 텔레비전과 장식장이 있었다. 베란다에는 작은 정원이 있었는데 한눈에 봐도 공들여 가꾼 티가 났다. 거실 창문을 경계로 녹색과 노랑, 빨강, 보라, 하얀색 꽃이 어우러진 베란다는 다른 세상 같았다. 혼자만의 숨결과 손길이 느껴지는 K의 집은 너무 커서 더 외롭고 쓸쓸했다.

"그래, 기억 수집가라고?"

나는 얼른 베란다에 머물러 있던 눈길을 K에게 돌렸다. 기억 속 뾰족하고 작은 얼굴을 생각하다 만난 K의 모습은 낯설었다. 턱선까지 오는 단발에 뿔테 안경을 낀 K는 전체적으로 살이 쪄서 얼굴도 몸매도 둥글둥글해졌고, 날카롭던 인상은 사라지고 넉넉하고 푸근해 보였다. 말을 할 때 가늘게 치켜뜨는 눈빛이 그나마 남아 있는 과거의 모습이었다.

"예."

"내 제자 중에 판사, 검사, 의사는 수없이 많지만 기억 수집가는 처음이야. 그래서 기억 수집가가 어떤 일을 하는지 인터넷으로 찾아봤단다. 너도 알겠지만 '역사를 잊은 민족에게 미래는 없다.'란 말이 있잖니? 나는 네가 하는 일이 역사를 기억하는 일이라고 생각해. 역사라는 게 결국 수많은 한 사람, 한 사람의 이야기가 아니겠니? 돈은 많이 못 벌어도 의미 있는 직업이라고 생각한단다."

돈은 아무래도 상관없다고 대꾸를 하려다 그만뒀다. 내가 화장을 하고 예쁜 옷을 차려입은 것처럼 K도 화장을 곱게 하고 비싸 보이는 보라색 투피스를 입고 있었다. 목에 비해 얼굴이 너무 하얘서 허공에 얼굴이 붕 떠 있는 것처럼 보였다.

"내가 마지막 기억 수집의 대상자라니……. 네 전화를 받고 기쁘면서도 한편으로 뭉클했단다."

거짓말이 아니다. 내 기억을 수집하려면 K의 기억도 꺼내야 하니까. K는 교사로서 학생들을 가르치며 얼마나 많은 노력을 했는지 이야기를 늘어놓았다. 어느 순간 거실이 연극 무대이고 K는 연기를 하는 배우처럼 보였다. 더 이상 연극을 볼 시간이 없었다.

"선생님, 왜 그랬어요?"

자기 말에 도취한 K는 내 말 뜻을 알아차리지 못했다. 나는 K의 눈을 똑바로 바라봤다.

"17년 전 한림초등학교에 근무하실 때 일이에요. 5학년 3반 담임이셨죠. 아이 하나가 돈을 잃어버렸어요. 그때 선생님이 어떤 아이한테 돈을 훔쳤다고 누명을 씌웠죠. 그 아이는 훔치지 않았는데 왜 그러셨어요?"

"뭐라는 거니?"

K가 신경질적으로 물었다. 나는 조금 전 했던 말을 다시 반복했다.

K는 고개를 갸웃거리더니 잠시 뒤에 웃었다.

"얘는 나보다 나이도 젊으면서 기억력이 나쁘구나. 5월 초에…… 걔 이름이 생각 안 나네. 포니테일 머리를 잘하는 아이가 돈을 잃어버렸다며 울고불고했지. 나는 기회를 준다면서 그날 종례하기 전까지 교실 뒤에 네모 상자, 그 뭐지?"

"보관함이오."

"그래. 보관함에 넣어놓으라고 했지."

다행히 여기까지는 나의 기억과 똑같았다. 다음에 어떤 말이 나올지 가슴이 떨렸다.

"그때 돈을 넣어놔서 우리 모두 아이스크림을 먹었잖니? 누가 돈을 훔쳤는지 서로 묻지 않기로 했고 나는 그 약속을 지켰어. 근데 내가 어떤 아이한테 돈을 훔쳤다고 누명을 씌웠다고? 말도 안 되는 소리를 하는구나. 이제껏 아이들을 가르치면서 크고 작은 분실 사건은 계속 있었어. 하지만 나는 내 눈으로 보지 않은 한 돈을 훔쳤다고 누명을 씌운 적이 단 한 번도 없었단다. 나중에 나를 찾아와서 잘못을 뉘우치고 돈을 돌려준 아이도 있었지. 나는 그런 아이들의 비밀을 끝까지 지켰어. 그래서 스승의 날이 되면 얼마나 많은 제자가 오는지 아니? 오지 말라고 하는데도 이것저것 선물을 사오고 식사를 대접하겠다고 난리가 아니야. 우리 아파트 사람들도 다 안다니까. 그런데 누가 너한테 그딴 말도 안 되는 소리를 한 거니? 도대체 누구야? 정말 몹쓸 인간 같으니라고."

K는 침까지 튀기며 자신이 얼마나 괜찮은 선생님이었는지 설명했다. 말을 하다가 몇 번이나 사레에 들렸지만 말을 멈추지 않았다. 그래도 나는 한참 동안 K의 말을 들었다. 기억 수집가의 가장 중요한 덕목 중 하나는 타인의 말을 들어주는 것이니까. 한참이 지나서야 자신의 말을 마친 K는 너무 오랜 시간 동안 떠든 것이 무안했는지 슬쩍 미소를 지었다.

"선생님 혹시 체육 시간에 뜀틀 수업하셨던 기억은 나세요?"

"그럼."

"뜀틀을 못 넘는 아이도 있었죠?"

"물론 뜀틀을 못 넘는 애도 있었지. 몸이 불편하거나 다리가 다친 애들 말이야. 호호홋, 내 자랑 같지만 그런 애들 말고 내가 가르친 애들 중에 뜀틀을 못 넘는 애는 없었어. 처음에는 겁을 내서 구름판에서 딱 멈추고 하는 애들도 있어. 그런 걸 보면 사실 많이 답답해. 그래도 몇 번 반복해서 하다 보면 대부분 성공하지. 어떤 때는 내가 애들을 들어올려서 엉덩이를 걸치게 하고 그 기분을 느끼게 해줬지. 그렇게 반복하다 보면 뛰어넘게 되더라고. 그걸 넘어야 세상의 모든 역경도……."

"선생님, 뜀틀을 넘는 건 중요하지 않아요. 뜀틀 선수가 아니라면 살면서 뜀틀을 넘을 일은 없는걸요."

"애는…… 말이 그렇다는 거지."

영국 왕실에서 사용한다는 찻잔을 들고 장미차를 후루룩 마신 K는 휴대전화를 열어 시간을 확인했다.

"오랜만에 만난 제자랑 식사를 하고 싶었는데 어쩌지? 내가 저녁 약속이 있어서 말이야. 우리 아들딸이 꼭 나랑 같이 저녁을 먹어야 한다나? 공공기관도 오늘까지만 문을 여니까 어떻게 보면 오늘이 공식적인 세상의 마지막 날이잖니?"

K한테서 더는 얻을 수 있는 기억이 없다는 확신이 들었다. 자리에서 일어난 나는 가볍게 고개를 숙인 뒤 현관문이 닫히기 전에 K 얼굴을 똑바로 봤다. 마녀라고 생각했던 얼굴은 동네에서 자주 보는 수많은 할머니의 얼굴과 닮아 있었다.

"사람은 기억을 자기한테 유리한 방향으로 만들어요. 그래서 하나의 사실이 생겼을 때 자기 기억과 상대방 기억이 다르기도 해요. 물론 진실은 하나예요. 돈을 훔쳤다고 누명을 쓴 아이도, 뜀틀을 넘지 못한 아이도 저였어요."

K의 눈이 크게 흔들렸다. 무언가를 말하려는 듯이 입을 벌렸지만 아무 말도 하지 않았다. 나는 K를 남겨둔 채 발걸음을 돌렸다.

기차를 타고 내가 사는 도시로 돌아왔다. 거리는 여전히 수많은 사람들로 붐볐다. 빈 택시는 없었다. 며칠 전부터 택시를 타고 자신이 사는 도시의 야경을 보겠다는 사람들이 많아졌기 때문이다. 버스를 타고 깜박 졸았는데, 휴대전화가 계속해서 울렸다.

"어디야?"

몇몇 사람이 쳐다볼 정도로 휴대전화에서 큰 목소리가 쩌렁쩌렁했다.

"버스 안."

"지금까지 안 오고 뭐해? 집에도 없고, 연락도 안 하고."

내가 사는 집까지 다녀갔을 모습이 떠올라 울컥했다.

"미안, 엄마. 가면서 전화한다고 했는데 깜빡했어."

최대한 콧소리를 내며 응석을 부렸다.

"딴 데로 새지 말고 집으로 곧장 와. 아빠랑 나랑 저녁 안 먹고 기다리고 있어. 알았지?"

엄마는 몇 번이나 다짐을 한 뒤 전화를 끊었다.

뜀틀을 넘지 못한 날 나는 버스를 탔다. 가출했지만 갈 곳이 없어서 동물원에 갔다. 그냥 녹색, 갈색이 섞인 녹색, 검은색이 섞인 녹색 나무로 둘러싸인 동물원은 숨을 곳이 많았지만 저녁이 되자 무서웠다. 가로등 밑에서 우두커니 앉아 있다가 관리인한테 들켜서 파출소에 갔다. 아무리 생각해봐도 내가 갈 곳은 보육원밖에 없어서 입을 다물고 묻는 말에 답하지 않았다.

우당탕!

파출소 문이 요란한 소리를 내면서 열렸다. 새엄마와 아빠였다. 하루도 안 되는 사이에 새엄마의 얼굴이 해골처럼 변할 줄은 정말 몰랐다.

"다친 데는 없지?"

새엄마 말에 나는 입을 열지 않았다. 아빠가 인상을 쓰면서 내 손을 거칠게 잡자 새엄마가 나를 잡고 있는 아빠 손을 떼어냈다.

"정윤아, 내가 잘못했다. 내가 정말 미안해. 정윤이는 나쁜 짓 안 했는데, 그치?"

그 말이 떨어지기 무섭게 나는 큰 소리를 내며 울었다. 새엄마는 나를 꼭 껴안고 내가 울음을 그칠 때까지 토닥여줬다. 더운 여름날이었지만 집에 가는 동안 새엄마도 나도 잡은 손깍지를 풀지 않았다.

역시 어른이 되어서도 어릴 적 박혀 있던 상처를 털어내는 일은 쉽지 않았다. 집에 들어가기 전에 마지막 녹음을 할 생각이다. 17년 전, 최정윤의 기억은 아프고 슬펐지만 다행히 해피엔딩이었다고.

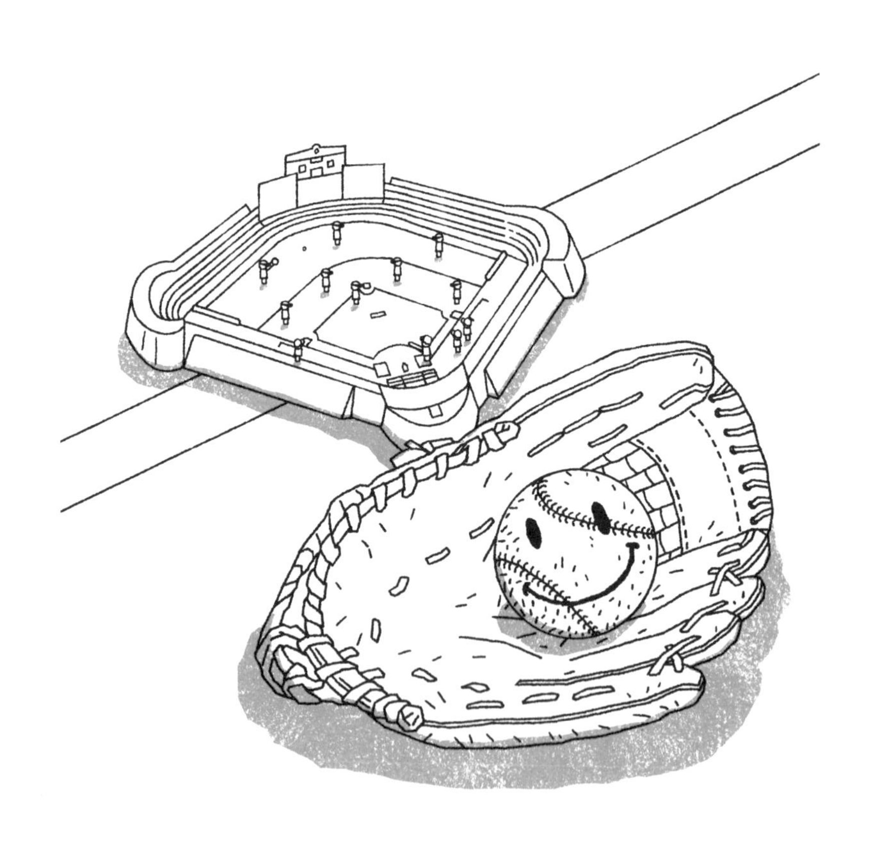

굿바이, 베이스볼

"승원아. 승원아."

고등학생이 된 이후 승원이는 노크를 꼭 해달라고 신신당부했는데. 아차 싶었지만 이미 문을 열었다.

"미안해. 노크하려고 했는데……."

"괜찮아."

승원이는 외출 준비를 마친 상태였다. 문을 닫으려다 맞은편 벽에 걸려 있는 챙 모자가 보였다. 메이저리그 10승 투수인 이형준 선수의 사인이 있는 모자다.

"난 싫어. 안 쓸 거야."

승원이의 말에 머쓱했지만 내색하지 않았다.

"녀석, 내가 쓸 거야. 이 모자가 얼마나 좋은 건데."

아무렴 어떠냐는 심정으로 모자를 썼다. 머리가 꽉 끼어서 모자 뒤의 고리를 최대한 풀었다. 거울을 보니 모자가 생각보다 살 어울렸나.

"아빠 어떠냐? 아빠가 아니라 형 같지 않냐?"

힙합을 하는 애들처럼 오른팔을 앞으로 쭉 내밀고 건들건들거리자 승원이의 한쪽 빰 보조개가 깊게 들어갔다. 집에서 쓰는 SUV 차량이 있었지만 오늘은 그냥 지하철을 타기로 했다. 자동차는 언제든 탈 수 있지만 지하철이나 버스는 오늘이 마지막이니까. 거리는 많은 사람으로 넘쳐났다. 이렇게 많은 사람을 보는 것도 오늘이 마지막이지 않을까?

"아빠, 여기."

승원이가 빈자리를 가리켰다. 자리에 앉자 승원이는 휴대전화를 꺼내 들었다.

"재미있어?"

"……."

승원이와 이야기를 하고 싶은데 승원이는 벌써 휴대전화에 빠져 있었다. 무슨 게임을 하는지 궁금했지만 참았다.

승원이가 자주 하던 게임은 농장을 가꾸는 게임이었다. 땅을 경작해 농산물을 키우고 시장에 내다팔아 수익을 올리는 게임이었는데, 물 주는 것을 조금만 잊어도 과일이 상했다. 힘든 하루를 보내고 왔을 승원이한테 그 게임은 달콤한 휴식이었을 텐데 그 휴식마저 내가 빼앗았다. 농장 게임을 지우고 야구와 관련된 게임을 깔아줬지만 승원이가 그 게임을 했는지 잘 모르겠다.

지하철이 지상으로 올라왔다. 강이 보이고 높은 빌딩들이 보였다. 대학을 다닐 때는 고층 빌딩에서 일하겠다고 마음먹었고 회사를 다니면서는 한눈에도 비싸 보이는 아파트에서 살 거라고 마음먹었다. 수많은 경쟁을 거쳤고 중심에서 멀어지지 않기 위해 하루하루 백 미터 달리기를 하듯 최선을 다했다.

"저기 가보고 싶었는데."

20대로 보이는 남자가 빛을 받아 반짝거리는 Z 빌딩을 가리켰다.

"갔다고 생각하면 되잖아."

애인으로 보이는 여자의 말에 남자가 웃으며 고개를 끄덕였다. 아마 남자는 내가 대학생 때 그랬던 것처럼 랜드마크로 유명한 Z 빌딩에 있는 회사에 취업을 원했을지도 모른다. Z 빌딩에 사무실을 열었을 때 사람들은 나를 부러워했다.

"그게 무슨 소용이야?"

시간이 지나면 허물어지는 건물에 지나지 않는데 말이다. 휴대전화를 보던 승원이가 고개를 들어 나를 빤히 바라봤다.

"아니, 아빠 혼자 한 말이야."

승원이는 다시 휴대전화에 집중했다. 승원의 휴대전화뿐만 아니라 모든 사람의 휴대전화를 빼앗아 쓰레기통에 던져버리고 싶었다. 사람이 아니라 기계를 보며 얘기를 하는 시간이 아까울 법도 한데 제법 많은 사람들이 승원이처럼 휴대전화에 집중하고 있었다.

"다음은 챔피언스 파크, 챔피언스 파크 역입니다."

우리는 챔피언스 파크 역에 내렸다. 많은 사람이 함께 내렸다. 초등학교 5학년 때 아버지를 따라간 야구장에서 파울볼을 우연히 잡은 뒤 야구의 매력에 빠져들었고 봄이 되면 두근거렸다. 시범 경기부터 한국 시리즈가 끝나는 초겨울까지 한순간도 야구를 잊은 적이 없었다. 일상의 경쟁에 치여 현실을 벗어나고 싶을 때 견딜 수 있게 해준 유일한 힘이 바로 야구였다.

홈인. 가정에 해당하는 홈으로 돌아와야만 점수가 나는 것이 근사했다. 그리고 점수를 내는 과정이 사람이 살면서 겪는 과정과 닮아서 야구가 좋았다.

나는 야구 선수가 되고 싶었다. 그러려면 야구를 배워야 하는데 어디서 배워야 할지 몰라 아버지한테 말했다. 술만 좋아하고 무능했던 아버지는 야구 선수가 되고 싶다는 나의 말에 "네가?" 하고 코웃음을 쳤다.

"너는 야구 선수가 되기 힘들다."라든가 "야구시켜 줄 돈이 없다."고 말했더라면, 야구 선수가 아니어도 기록원이든 심판이든, 기자, 통역, 프론트 직원 등 야구와 관련된 일을 해보는 것은 어떠냐는 말 한마디라도 해줬더라면 아버지를 미워하지 않았을 텐데.

프로 야구는 이미 5개월 전 지구 멸망 발표로 흐지부지 시즌이 끝나고 말았다. 더는 야구장에서 맥주를 홀짝이며 응원하는 것도 선수들의 명품 투구나 수비에 환호하는 일도 선수들이 저지르는 실수에 삿대질하는 일도 모르는 사람과 하이파이브를 하는 일도 없을 줄 알았다.

하지만 프로 야구를 사랑하는 사람들의 바람으로 오늘 야구 경기가 다시 열린다. 야구를 다시 본다는 생각만으로 며칠 전부터 가슴이 설렜다. LA 다저스 전 감독인 토미 라소다는 일 년 중 가장 슬픈 날은 '야구 시즌이 끝나는 날'이라고 했다. 하지만 나에게 오늘은 끝난 줄 알았던 야구를 다시 보는 행복한 날이었다.

"여보, 잘 다녀와요. 선수들 실수해도 욕하지 말고 많이 응원하고 잘한다고 박수쳐줘요."

병원에 있던 아내가 내게 전화해서 신신당부했다.

"참, 내가 무슨 욕을 한다고."

야구장 가는 길은 축제가 열린 것처럼 어른, 아이 가릴 것 없이 많은 사람들로 북적였다. 10개 구단의 온갖 유니폼과 모자를 입고 쓴 사람들이 눈에 띄었다. 머리에 색색의 응원 문구를 쓴 머리띠를 하거나 양손에 응원 도구를 든 사람들 모두가 설레고 열띤 표정이었다. 직접 제작한 깃발을 들고 오거나 온몸에 페인팅을 한 사람도 있었다. 야구장 곳곳에는 팝콘이나 어묵, 김밥, 떡 등을 무료로 나눠주는 사람도 있었다. 어떤 사람이 내 손에 건네는 전단지를 무심코 받았다.

야구와 맥주는 궁합이 짱~!
달려 치킨, 오늘도 달립니다~!

야구를 사랑하는 분들께 마구마구 드립니다!

000-000-0000

촌스러운 문구가 적힌 전단지 한 장에 코끝이 시큰거렸다. 야구장에 올 때면 가끔 시켜 먹던 치킨 배달집이었다. 나는 승원이를 데리고 지나온 길을 되돌아갔다.

뚱뚱한 체격에 닭 그림이 그려진 앙증맞은 머리띠를 한 30대 남자가 양손에 치킨 봉지를 들고 서 있었다. 바로 옆에는 비닐에 담긴 치킨들이 쌓여 있었다.

"안녕하세요?"

"예에, 안녕하세요? 치킨 드릴까요?"

남자가 오른손에 들고 있던 치킨 봉지를 내게 건넸다.

"아니, 전 됐습니다. 저 어르신이 안 보여서……. 인사를 드리고 싶어서 그러는데요."

배달을 시킬 때마다 숨을 헐떡거리며 치킨 봉지를 주고 사라지던 아저씨께 고마웠다는 인사를 하고 싶었다. 언젠가 치킨 무를 빠뜨리고 온 적이 있었는데, 미안해하던 아저씨에게 흔쾌히 "괜찮습니다."라고 하지 않았다.

"오늘 아버지 찾으시는 분이 많네요. 우리 아버지가 이렇게 인기가 많은 줄 몰랐어요. 아버지는 오늘 야구장 밖이 아니라 야구장 안에 계세요. 예전에 배달할 때 홈런 볼이 날아오는데도 치킨을 들고 있어서 못 잡으셨대요. 오늘은 꼭 홈런 볼 잡겠다고 글러브를 챙겨서 들어가셨어요."

아들의 얼굴에서 아저씨가 보였다. 승원이도 나이가 들면 나의 모습을 닮지 않을까?

"한승원, 사장님이 꼭 홈런 볼 잡으셨으면 좋겠다, 그치?"

"응. 공이 그쪽으로 가라고 주문을 걸게."

승원이의 어린아이 같은 대답이 귀여웠다. 경기가 시작하려면 2시간도 더 남았지만, 좌석은 벌써 반이 넘게 차 있었다. 포수 뒷좌석에 앉으려다가 승원이 눈치를 살폈다. 3년 전까지 야구를 했던 녀석이다.

왼손 투수였다. 다섯 살도 채 안 된 승원이 왼손에 자기 손보다 큰 야구공을 쥐여줬다. 내 꿈은 승원이가 KBO를 제패하고 메이저리그에 진출하는 거였다. 승원이라면 할 수 있을 거라고 믿었는데 고등학교 때 야구를 그만뒀다.

"공이 미트에 꽂히는 소리 듣고 싶어서. 다른 데 갈까?"

엉덩이를 살짝 들자 승원이가 내 손을 잡아당겼다.

"나도 이 자리 좋아. 투수가 어떻게 던지는지 한눈에 보이잖아."

아내를 닮은 승원이는 원체 순하고 눈물이 많은 녀석이었다. 그런 녀석이 야구를 할 때면 달라졌다. 손에 물집이 잡히고 굳은살이 벗겨져도 아프다는 소리를 하지 않았다. 특히 경기를 하면 누구보다 승부욕을 드러내며 타자 한 명 한 명을 끝까지 물고 늘어졌다.

그라운드에 나온 심판이 큰 소리로 '플레이 볼'을 외쳤다. 오늘 경기는 블루 드래곤즈와 오케이 푸마스의 경기였다. 나는 어렸을 때 아버지를 따라 자연스럽게 드래곤즈의 팬이 되었다. 덕분에 우승의 기쁨을 여섯 번이나 누렸고, 그때마다 행복했다. 하지만 6년 전 우승한 이후로 선수들의 부상과 이탈이 잦아 하위권에 머무르고 있다. 반대로 오케이 푸마스는 3년 전부터 한국 시리즈의 단골손님이었다. 그래서 푸마스의 승리로 무게가 많이 기울어진 경기였다.

하지만 예상과 다르게 경기는 시작부터 팽팽했다. 나는 현실적으로 하위 전력의 드래곤즈가 푸마스를 이기기 힘들다고 생각해서 마음을 비웠다. 누가 이겨도 상관없는 이벤트 게임이라고 생각했다. 하지만 경기를 보면서 팬심이 살아났다. 공 하나하나에 선수들이 투혼을 발휘하자 경기장 안은 뜨거워졌고, 응원팀을 정하지 않고 즐기러 온 사람들까지 편을 갈라 응원했다.

"희수야, 안타를 날려! 저 하늘 끝까지."

곳곳에서 자기 팀을 응원하는 사람들이 응원가를 부르며 응원용 봉을 흔들었다.

딱!

모든 사람의 눈이 경쾌한 타구 소리와 함께 날아가는 공을 쫓았다. 오른쪽 밖으로 떨어진 파울이었다.

"아악!"

"아이 씨!"

여기저기서 안타까워하는 소리가 흘러나왔다.

"왜 그래? 저거 홈런 아니야? 왜 안 뛰어?"

내 옆에 앉은 단발머리 여자가 자신의 옆자리에 앉은 남자한테 물었다. 커플티를 입고 있었는데 20대 초반으로 보였다.

"저건 파울이야. 저기 노란 기둥 보이지? 저 안쪽으로 넘어가야 홈런이야."

커플을 보자 승원이한테 궁금한 게 또 하나 생각났다.

"승원아, 혹시 너 연애 같은 것 해봤어?"

초등학교 때부터 고등학교 1학년 때까지 야구만 한 아이다. 중학교 1학년 때 날아오는 공에 입을 맞아 이가 네 개 부러지고 입술을 20바늘이나 꿰맸다. 병원에서 한 달 내내 죽을 먹으면서도 야구공을 손에서 놓지 않았다. 가끔 자신의 방에 아이돌 여가수 사진을 바꿔 붙이기도 했지만, 여자 친구가 있다는 이야기는 들어본 적이 없었다. 나 때문에 승원이가 또래 아이들이 한 일을 하나도 못 하게 된 것 같아 괜스레 속상했다.

"아빠, 나는 야구가 좋아. 승리 투수가 되면 내가 세상의 주인공이 된 것 같거든."

4년 전 유소년 야구대회에서 우승하고 최우수 선수로 선정된 승원이가 떠올랐다. 축하 파티가 끝난 뒤, 차에 탄 승원이는 어째서인지 기분이 가라앉아 있었다.

"내 심장이 더 튼튼했으면 좋겠어."

"뭐라고?"

"어떤 때 마운드에 서면……. 아니다, 야구가 없으면 난 아무것도 아니니까."

"녀석, 원래 투수는 많이 외롭고 고독한 거야. 아까 홈런 내줄 때 보니까 얼굴빛이 안 좋던데 투수는 포커페이스를 유지해야 해. 동료를 믿고 자기 공을 던질 줄 알아야지."

감독처럼 말할 게 아니라 아빠로서 승원이의 말을 이해하고 말했어야 했다.

"승원아, 많이 힘들어? 승원아, 행복하니?"

난 승원이가 야구가 힘들어서 그만두고 싶다고, 행복하지 않다고 말했어도 야구를 그만두라고 하지 않았을 거다. 또 '야구가 없으면 아무것도 아니니까.'라는 말에 '야구가 없어도 너는 존재 자체로 의미가 있다.' 같은 뻔한 말조차 하지 않았을 거다. 그래서 항상 후회가 됐다.

승원이는 별다른 말 없이 경기를 보았다. 작년 2위 팀과 9위 팀의 경기인데 예상 외로 팽팽한 경기가 이어졌다.

푸마스 투수가 공을 던졌다. 선발로 5년째 10승을 한 윤시백이다. 지구가 망하지만 않는다면 올해 경기를 끝으로 내년에는 메이저 리그에 진출했을지도 모른다. 폭포처럼 낙차가 큰 커브가 들어왔다.

3번 타자가 크게 헛스윙을 했다. 3번 타자는 우익수 김한수였다. 투 스트라이크 투 볼. 윤시백이 손에 로진 백을 만진 뒤 포수와 사인을 주고받았다. 투수의 손에서 벗어난 공이 포수의 미트가 아니라 김한수의 어깨로 들어오자 김한수는 황급히 뒤로 물러났다.

"아오 병신! 배트가 안 되면 맞고라도 나가야지. 오늘도 질래?"

오른쪽 끝자리에 앉은 40대 남자가 삿대질하며 소리를 높였다.

"이보쇼, 자기 몸 아니라고 그런 소리 하지 맙시다. 저 친구가 펜스 플레이 하다가 어깨 나가서 재활한 친구요. 윤시백 상대로 그래도 잘하고 있는데……. 좀 매너 있게 응원합시다."

앞에 앉은 할아버지가 점잖게 말하자 40대 남자 얼굴이 벌겋게 변했다. 드래곤즈 모자를 쓴 할아버지는 드래곤즈의 옛날 유니폼을 입고 있었는데 유니폼 뒤에는 '끝날 때까지 끝난 게 아니다'라는 글자가 적혀 있었다.

"이것 좀 드시오."

할아버지가 땅콩과 과자를 나한테 줬다. 어렸을 때 야구장 풍경과 다르지 않았다. 응원 팀이 이기는 것 못지않게 즐거운 모습이었다.

"고맙습니다. 승원아, 먹을래?"

"나 과자 안 좋아하잖아. 안 먹을래."

승원이는 군것질을 하지 않았다. 대신 고기를 즐겨 먹었는데 그건 나 때문이다.

"몸 관리를 제대로 해야 해. 성공한 선수들을 보면 하나를 먹어도 영양소를 따져가면서 먹어. 네가 좋아하는 심원진 투수는 탄산음료는 아예 안 먹는대. 그만큼 자기 관리가 철저해야 프로에서 성공할 수 있어."

3번 타자가 삼진을 당하고 4번 타자의 공이 쭉쭉 뻗어갔지만, 펜스 앞에서 잡히고 말았다. 공을 던지는 투수나 수비를 하는 야수 모두 단 1점이라도 주지 않겠다는 의지를 보였다.

드래곤즈가 점수를 내지 못하고 공수가 바뀌었다. 위기 뒤에 기회라고 푸마스는 3회 초에 연속 안타를 쳐서 2점을 냈다. 푸마스 팬들은 열광의 도가니였다. 응원가가 경기장에 울려 퍼지고 함성과 꽹과리 소리가 어우러졌다.

"무슨 얘기야."

아내는 입술을 몇 번이나 달싹거렸다. 뭔가 중요한 얘기를 할 때마다 나오는 아내의 버릇이었다.

"승원이 있잖아요."

"승원이가 왜?"

아내가 못 말린다는 듯이 고개를 흔들었다. 누구나 자기 자식은 귀하겠지만 승원이는 특별한 자식이었다. 승원이한테 야구를 시키겠다고 마음을 먹을 때만 해도 승원이가 못한다고 하거나 재능이 없다면 어쩔 수 없다고 생각했다. 다행히 승원이는 재능이 있었고 노력도 할 줄 알았다. 순둥이 같은 얼굴로 한 번 '헤' 하고 웃을 때면 승원이한테 무조건 지는 아빠였지만, 승원이가 야구를 한 뒤로는 엄격해졌다.

"전지훈련을 안 가고 싶다는데."

"뭐? 그게 말이 돼? 전지훈련을 안 가겠다니? 야구를 그만두겠다는 거야, 뭐야?"

야구를 그만두는 것은 나에 대한 배신이라고 생각했다.

나는 절대 가질 수 없었던 기회를 승원이한테 줬다.

승원이를 위해서 이사를 가고 잘 다니던 직장을 그만두고 회사를 차렸다. 승원이 경기를 쫓아다니기 위해서는 직장에 매여 있을 수 없었다. 예전에 하던 일과 관련된 기업 컨설팅을 하게 되었는데 운이 좋아서인지 빨리 자리를 잡았고 직원을 두면서 여유도 생겼다. 아무리 돈을 많이 버는 일이라 해도 승원이의 시합이 있는 날은 무조건 야구장에 갔다.

"당신이 이러니까 승원이가 말을 못 하잖아요. 좀 진정해봐요."

아내가 차분하게 말을 했지만 열이 나서 속이 터질 것 같았다.

"야구부 안에서 적응이 힘든가 봐요. 승원이가 전지훈련에 빠지고 싶다고 말을 할 때는 자기도 참을 만큼 참았다가 말하는 거 아니겠어요. 여보, 무조건 안 된다고 하지 말고 생각 좀 해봐요. 응?"

"당신, 그게 말이 된다고 생각해? 경운고는 야구 명문 고등학교라고. 우리나라에서 탑이야, 탑. 원래 야구부뿐만 아니라 예체능 단체는 규율이 세. 선배들이 후배들 길들인다고 때리기도 한다고. 하지만 그런 건 전부 통과의례야. 우리 승원이가 스카우트돼서 간 학교야. 메이저 리그 간 선배들도 있고……. 또래보다 실력이 뛰어나서 벌써 주전 경쟁을 하잖아. 그래서 질투하는 선배들이 괴롭히는 경우도 있을 테고. 그래도 어쩔 수 없어. 견뎌야지."

"여보, 승원이는 아직 애예요. 열일곱 살도 아직 안 됐어요."

"전지훈련이 2주 뒤야. 지금 와서 안 간다고 했다가 감독 눈 밖에라도 나면 어떻게 될 것 같아? 벤치 신세가 돼. 경기 한 번 제대로 못 뛰고 신인 드래프트에서 아무도 지명 안 해서 프로에도 못 간다고."

"제발 당신 꿈을 승원이한테 떠넘기지 말아요."

아내가 비난했지만 나는 모른 체했다. 그저 승원이를 알을 깨기 전의 새라고 생각했다. 그래서 조금만 더 견디면 알을 깨고 나와 어떤 새보다도 더 높고 멀리 날 거라고 믿었다.

며칠이 지나 저녁 훈련에서 돌아온 승원이는 피곤한 얼굴이었다. 쉬게 해주고 싶은 생각이 들었지만 약해지는 마음을 다잡았다. 감정에 얽매여 봐준다면 메이저 리거가 될 수 없다고 생각했다.

나는 손에 든 글러브를 흔들며 따라오라고 했다. 승원이와 나는 근처 공원으로 갔다. 승원이가 어렸을 때부터 우리는 종종 캐치볼을 했다. 서로 공을 주고받기도 했고 승원이가 투수가 되었을 때는 자세를 잡아주기도 했다. 우리는 공원 한편에 있는 의자에 앉았다. 승원이의 손에는 야구공도, 글러브도 없었다. 처음 있는 일이라 당황했다. 캐치볼을 한 뒤 잘 다녀오라고 말할 계획을 전면 수정해야 했다. 승원이 옆에 앉았다.

"자식, 힘드냐? 아빠 지금 놀랐어. 너 스마일도 안 들고 있어서."

스마일은 야구공의 이름이다. 초등학교 5학년 때 승원이가 처음으로 야구를 그만두겠다고 했다. 소풍을 가는 날과 야구 경기가 겹친 날이었다. 그때 나는 야구공에 웃는 눈과 입을 그렸다.

"승원아, 얘가 너랑 놀고 싶다는데……. 정말 안 할 거야?"

장난스럽게 공을 들고 승원이의 눈앞에서 흔들었지만 승원이는 꿈쩍도 안 했다. 딱 일주일이 지난 뒤 승원이는 눈과 입이 있는 공을 들고 나왔다.

"얘는 이제부터 스마일이야. 아빠, 스마일이랑 놀고 올게."

그때부터 승원이는 집에 있을 때 왼손에서 스마일을 놓지 않았다. 승원이한테 스마일은 용기를 주는 부적이었다. 그래서 승원이 옆에는 언제나 스마일이 있었다.

"아빠, 나 있지……."

승원이의 말끝이 늘어지자 정신이 번쩍 들었다. 지금 순간이 승원이에게 제일 중요하다. 마음이 약해지면 승원이의 야구 인생이 끝장날 수도 있다는 생각이 들었다.

"승원아, 엄마한테 얘기 들었어. 근데 말이야. 원래 남자들이 모인 집단은 서로 치고받기도 하는 거야. 너 스카우트하려고 전국의 유명 고등학교 감독들이 모두 왔었잖아. 그만큼 네가 잘한다는 얘기야. 선배들의 질투 같은 건 이겨내야 해."

"이겨내는 게 뭔데?"

예상치 못한 승원이 물음에 뭐라고 대답할지 몰라 잠시 머뭇거렸다.

"견디는 거지. 그리고 실력으로 보여주는 거지. 경기에 나가는 거는 선배가 아니라 감독의 권한이잖아. 지금까지도 잘했지만 전지훈련에서 성실한 모습 보이고 또 경기에서 잘하면 메이저 리그 에이전트가 전화할지 몰라. 지금 메이저 리그 투수로 활동하는 장도현도 고등학교 1학년 때부터 에이전트가 눈여겨봤다고 하더라."

내 말에 승원이는 '메이저 리거, 한승원'이라는 말을 반복해서 중얼거렸다. 솜털이 남아 있는 승원이의 얼굴이 안쓰러워서 쓰다듬어주고 싶었지만 참았다. 일주일 뒤 승원이는 일본으로 전지훈련을 떠났다.

벌써 7회 초다. 투 아웃, 1루와 2루에 주자가 있는 상황에서 드래곤즈의 투수가 바뀌었다. 양준우였다. 예전에는 성적이 괜찮았지만 부상으로 수술을 한 뒤 오랫동안 등판하지 못했다.

모두가 숨을 죽이던 순간, 양준우가 공을 던졌고 타자가 공을 건드려 투수 앞 땅볼이 되었다. 드래곤즈의 팬들은 더그아웃으로 들어가는 양준우에게 환호하며 박수를 아끼지 않았다.

7회 말 드래곤즈의 반격이 만만치 않았다. 9번이 안타를 치고 나간 뒤 1번이 번트를 시도해 원 아웃에 주자가 2루가 되었다.

2번은 끈질기게 투수와 싸움을 했다. 스트라이크 존에 오는 공을 번번이 커트했다. 투 스트라이크 쓰리 볼에서 공이 날아왔다. 2번이 방망이를 크게 휘둘렀지만 공을 치지 못했다.

"아악, 기다리면 포 볼인데. 아이씨."

드래곤즈 팬들이 아쉬워하며 발을 동동거렸다.

"어허, 볼인데 치면 어쩌누. 기다려야지, 쯧쯧."

옆에 있던 할아버지도 아깝다는 듯이 탄식을 쏟아냈다. 평균 140킬로미터가 넘는, 어떤 때는 150킬로미터의 공이 날아오는 상황에서 배트를 휘두르는 것은 자연스러운 현상이다. 온몸이 움찔거리며 팔이 나가려고 할 때 안간힘을 써가며 참는 것은 쉬운 일이 아니다. 조금 전 선수는 그것을 참지 못해 귀한 아웃 카운트를 날리고 말았다. 자신에게는 이 타석이 마지막 타석이 될 수도 있었는데 말이다.

'승원아, 왜 참았어? 왜 말 안 했어?'

대답은 알고 있었다.

'아빠 때문에. 아빠가 말할 시간을 안 줬잖아.'

전지훈련에 돌아온 승원이는 예전보다 몸무게가 많이 빠져 있었다. 고등학교 올라와서 처음 참가하는 전지훈련이 힘들었을 거라고만 생각했다. 전지훈련을 하러 갔을 때 감독과 몇 번 통화했다. 승원이 좀 잘 봐달라고. 국제적인 선수를 키우면 감독님도 좋지 않겠냐며 너스레를 떨면서 한국에 오면 제대로 대접하겠다는 당근도 줬다.

보름이 지났을 무렵 승원이가 자살을 시도했다. 전혀 모르는 아파트 7층의 복도 창에서 뛰어내렸다. 나뭇가지에 걸려 간신히 목숨을 구했지만 살아도 산목숨이 아니었다.

승원이가 남긴 유서의 내용은 참혹했다. 고등학교에 입학하면서부터 야구부 선배들의 구타가 시작됐다. 연습 첫날부터 얼차려는 기본이었고 코치가 없을 때면 옷에 가려지는 모든 부위를 맞았다고 했다. 처음에는 1학년 대부분 정신 훈련이라는 명분 아래 맞았지만, 어느 순간부터 승원이만 폭력의 대상이 되었다. 투수로 경기에 나서게 되면서 폭력은 더욱 심해졌고 동기들도 불이익을 받을까 봐 입을 다물었다. 전지훈련을 간 승원이는 구타뿐 아니라 성추행도 당했다. 참지 못한 승원이가 코치와 감독에게 알렸지만 돌아온 것은 입 다물라는 말뿐이었다.

의식이 없는 상태에서도 승원이는 고통스러워 보였다. 머리, 팔, 다리에 칭칭 감은 붕대와 배 위에 거즈를 덕지덕지 붙인 채 누워 있는 승원이를 볼 때마다 입에 물고 있는 굵은 호스를 떼어내고 싶은 충동에 시달렸다.

야구부 선배라는 놈들이 방망이 손잡이로 승원이의 항문을 툭툭 치며 희롱하고 낄낄거리는 장면이 시도 때도 없이 떠올랐다. 고통스러워 보이는 승원이를 자유롭게 보내주고, 그 범죄자들을 죽여버린 다음에 나도 죽겠다는 생각이 수시로 들었다.

"우리 승원이 일어날 거예요. 난 승원이 믿으니까, 당신도 믿어요."

예전처럼 현미와 잡곡을 섞어서 밥을 차린 아내의 말에 나도 정신을 차리고 승원이를 믿기로 했다. 승원이가 가장 좋아하는 스마일을 데리고 가서 승원이 손에 쥐여주기도 했지만 믿음은 시시때때로 나를 시험에 빠지게 했다.

가해자 부모들은 집과 병원을 찾아와 합의를 부탁했다. 그들은 자식을 위해 병원 복도에서 서슴없이 무릎을 꿇었다. 그때마다 내가 응급실에 자식을 둔 사람이 아니라 저 사람이면 좋겠다는 생각을 했다.

"우리는 법에 맡길 거예요. 법을 믿어서가 아니에요. 지금은 우리 승원이가 숨을 쉬고 있기 때문이에요. 우리 승원이가 빨리 일어나기를 바라세요."

아내는 한 번만 더 찾아오면 가해자 학생과 당신들의 얼굴을 인쇄해 온 나라에 뿌리겠다고 했다. 아내 말에 질린 가해자 부모들은 황급히 자리를 떠났다.

형사 소송과 별도로 학교, 감독과 코치, 가해자 부모를 대상으로 손해 배상 청구를 했다. 아는 사람을 통해 유명한 변호사를 선임했다. 돈보다 어떤 식으로든 괴롭혀주고 싶은 마음뿐이었다. 이런 상황에서도 몰래 병원에 찾아와 승원이의 상태를 살피는 부모들도 있었다. 진심 어린 마음이 느껴졌지만 용서와는 다른 문제여서 아는체하지 않았다.

나는 승원이가 쓴 유서 2장을 눈이 닳도록 본 까닭에 토씨 하나 안 틀리고 말할 수 있었다. 승원이가 글씨를 쓸 때 왼쪽으로 약간 삐뚜름하게 쓰는 것도, 'ㅇ' 자가 다른 글자에 비해 크다는 것도, 쉼표를 쓸 때 꼬리가 말려 올라간 것도 자연스럽게 알게 됐다.

야구에 미쳐서 승원이에 대해 놓친 것이 많다는 사실을 깨달았다. 그때 밀려오는 자괴감 때문에 맨정신으로 견디기 힘들었다. 술을 마셔 한순간이라도 지금의 상황을 잊고 싶었지만 그럴 때마다 참았다.

승원이가 응급실 침대에 있는 것은 누구도 아닌 나의 잘못이었기에 그 벌을 받는 거라고 생각했다.

'엄마, 아빠 미안하고 사랑해. 내 옆에 스마일 놔줘. 엄마, 아빠는 나중에 와. 나는 하늘에서 웃고 있을 거야.'

마지막 문장을 떠올릴 때면 언제나 눈물이 흘렀다. 지금도 마찬가지였다. 나는 사람들이 볼세라 얼른 손으로 눈물을 닦았다.

승원이가 병원에 있을 때부터 아내와 나는 승원이보다 먼저 죽는 게 가장 두려운 일이 되었다. 지구가 혜성과 부딪히고 그 여파로 인류가 멸망한다고 했을 때 나와 아내는 하나도 두렵지 않았다. 오히려 함께 축하했다.

"승원아, 마지막 경기야. 잘 보고 있지?"

승원이는 이곳에 없다. 세 번의 대수술을 한 승원이는 응급실에서 6개월을 보냈고 지금은 일반실에서 숨만 쉬고 있다. 나는 집을 나서면서부터 스마일과 말을 주고받았다. 마치 스마일이 승원이인 것처럼.

하지만 스마일은 야구공일 뿐이고 결국 나 혼자 정신없이 떠든 셈이다. 지하철에서 거리에서 야구장에서 사람들은 나를 흘끔거렸지만 방해하지는 않았다.

3년 전 승원이와 함께 야구장에 왔을 때 승원이는 야구는 보지 않고 휴대전화를 보고 중간 중간 웃었다. 그게 못마땅해서 차 안에서 결국 휴대전화를 빼앗아 집어던졌다.

그때 갈 곳 몰라 하며 허공에서 헤매던 승원이의 눈동자는 승원이의 사고 뒤 시시때때로 나를 괴롭혔다. 승원이가 고통을 받는 현실을 눈으로 확인하는 작업 못지않게 잠을 자는 것도 괴로웠다.

언제나 꿈이 따라왔다. 나는 공중에서 떨어지는 승원이를 받아야 했다. 내 몸이 갈리더라도 승원이를 온전히 받고 싶은 나의 마음과 상관없이 승원이는 나의 양팔을 번번이 벗어나 콘크리트 바닥으로 떨어졌다. 나를 바라보는 승원이의 물기 어린 눈동자는 칼날이 되어 내 가슴을 베었다.

"아빠, 나는 갈 거야."

나는 벌벌 떨며 양손을 휘젓기만 했다. 승원이를 보낼 수는 없었다.

"승원아, 제발……."

"여기는…… 행복하지 않아……."

"크흐흐흑……."

숨이 막혀오는 고통에 눈물을 흘리면 꿈이었다. 비슷한 꿈이 계속되면서 나는 승원이한테 "아빠가 많이 미안하고 사랑해."라는 말을 잊지 않았고 승원이의 버킷 리스트를 하나씩 실천했다. 콜라 마시기, 질릴 때까지 게임하기, 그냥 집에서 뒹굴기, 걸 그룹 콘서트 가기 등등. 너무나 사소하고 하찮아서 더없이 미안하기만 했다.

오늘은 마지막 야구 경기를 보게 됐다. 승원이 대신 스마일과 함께.

"아빠, 오늘 야구장에 정말 잘 왔어요."

휴대전화에 담긴 승원이 웃음이 진짜처럼 보여 나도 입을 최대한 벌리고 웃는 표정을 지었다.

갑자기 사람들이 일어나더니 고함을 지르고 얼싸안고 난리를 쳤다. 경기장이 들썩일 정도였다. 드래곤즈가 1점을 냈다. 응원가가 울려 퍼지고 축포가 터졌다. 9회 말, 투 아웃에 주자가 1루에 가 있다.

대타가 나왔다. 37번을 달고 있는 처음 보는 선수였다.

"저 선수 누구야?"

"박민성이라고 신고 선수로 들어왔어. 신고 선수는 정식 선수가 못 돼서……. 아무튼 비정규직도 아니고 월급도 적게 받고 그래."

옆에 앉은 여자가 벌떡 일어나 두 손을 입에 모으고 소리쳤다.

"박민성 파이팅!"

여자의 소리가 신호탄이 된 것처럼 여기저기서 '박민성 파이팅!'을 외쳤다. 박민성은 다행히 투수의 공을 끝까지 봤다. 스트라이크 존으로 오는 공 같으면 야무지게 커트했다. 손에 들고 있던 휴대전화 진동이 울렸다. 아내 전화였다. 손날을 세워 가린 뒤 전화를 받았다.

"여보!"

아내 목소리에 울음이 섞여 있었다.

"왜, 왜? 무슨 일이야? 승원이한테 무슨 일 있어?"

승원이한테 일어날 수 있는 최악의 상상들이 떠올라 목소리도 몸도 떨렸다.

"우리 승원이가, 승원이가 깨어났어요."

세상의 모든 소리가 사라졌다.

"여보, 듣고 있어요? 여보."

떨리는 가슴을 진정시키고 말을 하려는데 딱 하는 강한 타구 소리가 들렸다. 나는 그 공이 어디로 가는지 끝까지 바라봤다.

벗 아임 낫 디 온리 원

"으으응, 이이-일."

"언니, 뭐? 뭐라고?"

"이이-일, 이이-일!"

죽은 사람을 실제로 본 적은 없지만 죽기 전 사람의 모습이 어떤지는 알겠다. 정아 언니의 엄마, 차현숙 아주머니는 죽음을 맞고 있었다. 손을 대면 부서질 정도로 가냘픈 몸에 거무스름한 피부, 광대뼈만 도드라진 얼굴에서 코와 입술에는 푸른빛이 돌았다. 무엇보다 눈동자가 사람이 아닌 허공을 보고 있었다.

"아이고 답답해, 이이-일이 뭐냐고? 정우 몰라? 정식이는?"

정아 언니의 이모는 병상을 둘러싸고 임종을 지키는 자식들한테 차례로 '이이-일'이 뭔지를 물어봤다.

"정아야, 너도 모르니?"

병상에서 멀찌감치 떨어져 서 있던 정아 언니도 고개를 내저었다.

"이이-일, 이이- 일, 이이-일!"

조용한 병상에 현숙 아주머니의 말소리만 나지막이 울렸다.

"아이고 답답해 미치겠네. 그게 뭔데 가지를 못해서……."

정아 언니의 이모는 이미 눈물이 한가득했다. 그때 간병인 아주머니가 나섰다.

"그거, 휴대전화요, 휴대전화!"

확신에 찬 간병인 아주머니 말에 온 가족이 휴대전화를 찾기 시작했다. 정아 언니만 빼고. 그리고 정아 언니와 함께 온 나도 빼고.

"아, 여기 있다."

정아 언니 오빠가 사물함에 걸려 있던 옷에서 휴대전화를 꺼낸 뒤 전원 버튼을 눌렀다.

현숙 아주머니가 눈은 허공에 그대로 둔 채 양손을 흔들었다. 맞는다는 신호처럼.

"얘, 1번 눌러봐, 빨랑."

개그 프로그램의 한 장면처럼 모두 귀를 휴대전화에 갖다 댔다. 정아 언니는 그 모습을 빤히 보고 있었다. 나는 정아 언니 손을 잡았다. 정아 언니는 내가 손을 잡은 까닭을 몰랐다. 후 하고 한숨을 크게 내쉰 뒤 나는 바닥에 있는 백팩에서 정아 언니의 휴대전화를 꺼냈다.

정아 언니의 가느다란 눈이 예상하지 못한 놀라움으로 크게 일렁거렸다.

"세상에, 정아야, 빨리 와! 아이고, 언니가 네가 보고 싶었던 거야. 이쪽으로 언니, 정아 왔어. 정아 왔다니까. 아이고, 흑흑."

정아 언니는 시상식의 주인공이 된 사람마냥 어쩔 줄 몰라 하며 병상에 가까이 갔다. 정아 언니는 이모가 시키는 대로 아주머니의 손을 잡았다.

"언니, 정아도 왔어. 정아야, 엄마 편안히 가시라 그래. 아무 걱정 하지 말라고."

정아 언니는 이모가 하는 말을 그대로 따라 했다.

"엄마, 나 왔어요. 편안히 가세요."

아무 감정도 실리지 않았지만 주변 사람들은 "아이고!" "엄마!" "언니!"를 외치며 울부짖었다. 여기 있는 사람 모두가 두 달 후에 죽을 때 누가 이렇게 울어줄까 하는 생각이 들었다. 잠시 후 현숙 아주머니가 얕은 숨을 내쉬었다. 그리고 죽었다.

"언니, 왜 눈을 못 감고 가? 자식 전부 잘 키워 놓고. 아유, 언니!"

나는 정아 언니의 이모 말에 얼른 눈길을 창밖으로 돌렸다. 영화나 드라마가 아닌 현실에서 눈을 감지 못한 사람의 모습을 보고 싶지 않았다. 해가 떠오르면서 어둠을 몰아냈다. 창문을 살짝 열자 신선한 바람이 병실 안으로 들어왔다. 의사가 사망 선고를 내린 뒤 죽은 사람과 산 사람 모두 병실을 나갔다. 정아 언니는 사람들 속에서 떠밀려갔다.

"아, 현실감 존나 없어."

"요 입! 예쁜 말 쓰랬지. 욕 쓰고 그러면 없어 보여. 우리 없어도 없어 보이진 말자, 응?"

정확히 욕인지도 모를 말에 정아 언니는 늘 잔소리를 했다. 조금 전까지 구름 사이에 있던 해는 이미 하늘 높이 올라가버렸다. 우선 집에 가서 잠부터 자야겠다.

장례식장은 병원에서 제일 안쪽에 있었다. 셔틀버스를 탔으면 5분도 안 되는 거리를 20분이나 걸어서 도착했다. 로비에 커다란 전광판이 있었는데 죽은 사람의 이름과 유족의 이름이 보였다. 현숙 아주머니와 언니 이름이 전광판에 나타났다가 사라지기를 반복했다. 지하 2층 101호.

4년 전 과외 선생님이 사고로 죽었을 때 엄마랑 친구들과 함께 장례식장에 온 적은 있지만 혼자서 장례식장에 온 것은 처음이다. 문상하는 방법을 몰라서 오기 전에 인터넷으로 검색해봤다. 방명록에 '서지연'이라고 쓰고 조의금을 넣은 봉투를 앉아 있는 사람한테 내밀었다. 국화를 들고 영정이 있는 곳으로 가는데 검은 한복을 입은 정아 언니의 하얀 얼굴이 눈에 들어왔다. 국화가 쌓여 있는 제단에 국화를 내려놓고 향을 피웠다. 향의 불씨를 꺼뜨리면 안 된다는 얘기 때문에 긴장했는데 다행히 잘 피웠다.

영정을 보며 절을 두 번 하고 잠깐 고개를 숙였다.

"잘 가세요."

뒷말이 붙을 뻔했는데, 꾹 참았다. 정아 언니와 맞절을 했다. 정아 언니뿐 아니라 정아 언니의 오빠와 정아 언니의 삼촌도 있었다. 거의 10시간 만에 다시 보는 얼굴인데 며칠이 지난 것처럼 반가웠다. 정아 언니는 그새 몸이 반으로 준 것 같았다.

"밥 먹고 있어."

나는 고개를 끄덕인 뒤 빈소를 나왔다. 전교에서 1등을 했을 때보다 더 큰 만족감이 밀려왔다. 전교 1등을 했을 때는 엄마, 아빠, 선생님이 모두 칭찬해주고 친구들도 부러워했다. 하지만 장례식장에 와서 문상한 것을 칭찬해줄 사람은 없다.

"서지연, 자알했어!"

누구도 가르쳐주지 않은 일을 잘 해냈으니까 나는 칭찬을 받을 만했다. 화장실에 가서 손을 씻고 나오는데 누군가 내 손을 붙잡았다.

"지연아!"

언젠가는 아는 사람을 만날 거라고 생각을 하고 그에 대비한 적이 있다. 하지만 이제껏 아는 사람을 만난 적은 없었고 준비한 답이 뭐였는지 잊어버렸다. 고모였다. 선글라스를 벗지 않았다면 눈앞의 통통한 몸매의 사람을 고모로 생각하지 않았을 거다. 우리는 장례식장 1층 로비에 있는 카페 구석에 앉았다.

"고모, 손 좀 놔. 나 어디 안 가."

내 말에 고모가 겸연쩍어하며 잡은 손을 풀었다.

"정말 세상에! 어떻게 그동안 연락도 안 하고? 잘 지내? 괜찮지?"

고모는 앞뒤 없이 말하며 눈으로 나를 훑었다. 고모 기억 속 나는 비쩍 마르고 신경질적인 모습일 거다. 그때와 지금 나의 모습이 다른 것처럼 고모 역시 마찬가지였다. 아나운서였던 고모는 집 안에서도 화장을 하고, 몸에 꽉 끼는 옷을 입고 있었다. 하지만 지금 고모는 머리를 하나로 질끈 묶은 채 헐렁한 원피스 차림이었다.

"그때 너 그렇게 가고 내 마음이……. 그때 내가 왜 그랬는지는 너도 이해하지?"

더운 여름인데도 고모의 말에 마음이 시렸다. 3년 전, 12월 23일. 나는 고모를 찾아갔다. 그때 내가 찾아갈 곳은 고모밖에 없었다.

복도 끝에 있는 방은 아빠의 공간이었다. 가구라고는 벽면에 짜맞춘 책장과 중앙에 있는 소파가 전부였다. 그리고 작은 오디오 기기와 스피커, 헤아릴 수 없을 정도로 많은 LP와 CD가 있었다. 나한테 그곳은 재미없는 클래식이 온종일 흘러나오는 공간이었고 어느 순간부터 가지 않게 되었다. 중학교 1학년 겨울 방학 때 '따뜻한 정치인, 서영필 국회의원의 클래식 이야기'라는 잡지 기사를 본 적이 있었다. 잡지에 실린 아빠의 음악 감상실은 내가 기억하는 것보다 더 많은 기기가 놓여 있었다.

"유일한 취미가 클래식을 듣는 겁니다. 클래식을 듣다 보면 인간이 얼마나 외롭고 하찮은 존재인지 깨닫게 되거든요. 클래식을 통해서 겸손을 배운다고 할까요. 이런 생각을 통해 이 세상을 조금이나마 좋은 방향으로 바꾸고 싶어요."

아빠는 엄마를 더할 나위 없이 훌륭한 배우자, 나를 세상에서 제일 예쁜 딸로 얘기했다. 클래식을 잘 모르더라도 아빠가 좋아한다는 베토벤 교향곡 3번을 들어야 할 것 같았다.

방문은 항상 잠겨 있었다. 가끔 내가 방문을 걸어 잠그는 것처럼 아빠도 방해받지 않고 클래식을 듣고 싶어서라고 생각했다. 베토벤 교향곡을 듣다가 말았다. 듣고 있기에 클래식은 외계의 음악 같았고 내 인내심은 1분을 넘기지 못했다.

어느 날 새벽이었다. 무언가 거슬리는 소리에 잠이 깼다. 죽음을 앞둔 강아지가 낑낑거리는 소리처럼 들리기도 했다. 저녁 11시가 지나면 엄마가 가끔 간식을 들고 방에 온 적은 있어도 내가 먼저 엄마를 찾은 적은 거의 없었다. 방 안에 화장실과 작은 냉장고가 있고 초콜릿이나 쿠키도 서랍장에 차곡차곡 담겨 있었다.

소리를 따라가다보니 복도 끝방에서 작은 빛이 흘러나오고 있었다. 아빠가 문을 제대로 닫지 않고 음악을 듣는다고 생각했다. 오랜만에 아빠에게 어리광을 피워볼까 하며 방문을 열던 나는 그대로 얼음이 되고 말았다. 낮고 무거운 음악 사이로 엄마의 울부짖는 소리가 있었다. 방 안에서 아빠는 소매를 걷어 붙인 채 등을 보이고 서 있었다. 엄마는 무릎을 꿇은 채 정신없이 빌고 있었다. 아빠는 씩씩거리며 한 손으로 엄마의 머리칼을 움켜쥔 채 흔들었다.

"으으윽!"

엄마의 머리는 아빠의 손을 따라 이리저리 움직였다. 아빠는 바닥에 쓰러진 엄마의 등과 배를 마구잡이로 찼다.

아이들이 사용하는 온갖 욕에 난생처음 듣는 욕이 아빠의 입에서 쏟아져 나왔다. 믿을 수 없었다. 영화나 드라마를 보면 너무 놀라고 무서울 때 비명을 지르는데 내 경우는 그렇지 않았다. 겁에 질려 파들파들 떠는 것 말고는 어떤 소리도 낼 수 없었다. 이대로는 심장이 멈출 것 같아 문을 닫았다. 내 방으로 가는 길이 너무 아득해 몇 번이나 가다가 멈추기를 반복했다. 온 신경은 복도 끝방에 있었다. '어흐흐흑' 하는 엄마의 흐느낌이 계속 들렸다. 엄마는 왜 맞고만 있었을까? 그날 나에게서 아빠는 사라지고 괴물만 남았다.

"엄마는요?"

"아침 일찍 골프 약속이 있다고 나가셨는데."

양 씨 아주머니가 내 앞에 밥을 갖다주며 말했다. 아빠가 국회의원이 된 뒤로 엄마는 자주 골프를 다녔다. 새벽에도 골프를 치러 간다며 나가는 일이 많았고, 한 번도 의심해본 적이 없었다. 하지만 지금은 아니었다. 양씨 아주머니는 엄마가 맞는다는 사실을 알고 있을지도 모른다.

"혹시 무슨 소리 못 들었어요?"

나는 밥을 먹으면서 양 씨 아주머니의 반응을 살폈다.

"으응? 무슨 소리?"

"새벽에 무슨 소리가 들리던데요."

입에 떠올리는 것만으로도 그 장면이 고스란히 눈앞에서 재생되는 것 같았다.

"지연 학생이 잘못 들은 것 아냐? 여기에 소리 날 일이 없잖아. 방음이 얼마나 잘되는 아파트인데. 지연 학생 많이 피곤해서 그런 것 같은데."

양 씨 아주머니는 모르는 것 같았다. 어제 인터넷에서 매 맞는 여자를 위한 상담 센터 전화번호를 휴대전화에 저장했다. 지식 사이트에 '엄마가 맞아요. 어떻게 할까요?'라는 질문은 할 필요가 없었다. 비슷비슷한 질문과 답이 헤아릴 수 없을 정도로 많았으니까.

"아주머니, 음악 감상실 있잖아요? 거기 열쇠 있어요?"

내 말에 양 씨 아주머니가 뜨악한 얼굴로 쳐다봤다.

"음악 감상실이 어디 있는데?"

"복도 끝방이오."

"아, 거기. 거기는 항상 사모님이 청소하셔. 거기가 음악 감상실인지도 몰랐네."

6개월 전에 온 양 씨 아주머니는 아무것도 모르는 듯했다. 그날 저녁 엄마와 아빠를 보자 내가 새벽에 본 일을 꿈처럼 흘려보내고 싶었다. 하지만 퉁퉁 부은 엄마 얼굴은 꿈이 아니라는 것을 말해주고 있었다.

춘천 아주머니라면 잘 알 것 같았다. 춘천 아주머니는 5년 동안 우리 집에서 일한 가사 도우미 아주머니였다. 딸이 지방 발령을 받아서 그만둔다고 할 때 엄마도 나도 많이 섭섭해했었다.

춘천 아주머니는 내 전화를 반갑게 받았다. 방학이라서 놀러가겠다는 말에 아주머니는 잠시 머뭇거렸다. 아주머니는 지방이 아니라 나와 같은 도시에서 여전히 가사 도우미 일을 하고 있었다.

빵집에서 춘천 아주머니를 보자마자 눈물이 쏟아졌다. 춘천 아주머니는 나를 안아줬다. 내 예상처럼 춘천 아주머니는 아빠의 폭력을 알고 있었다. 청소하러 들어간 음악 감상실에서 쓰러진 엄마를 발견하기도 했고 엄마를 때리는 아빠를 말리기도 했고 병원에 함께 가기도 했단다.

"처음에는 1년에 한두 번이었는데 원래 가정 폭력이 더 나아지는 경우는 없잖니? 그거 병이야, 병."

"우리 엄마 어떡해요?"

춘천 아주머니는 입술을 몇 번이나 달싹거리다가 나와 시선을 맞췄다.

"내가 사모님한테 말했어. 더는 맞지 말라고. 그랬는데 사모님이 괜찮다는데 내가 뭐라고 하니? 나도 아주 괴로웠어. 신고도 하고 싶었는데 높은 양반이잖니. 밑에서 일하는 사람이 괜히 나서기도 그렇고."

그랬다. 춘천 아주머니는 괴물을 피해 도망을 친 거였다.

시도 때도 없이 음악 감상실 문을 열어보려고 했다. 그때마다 문은 굳건하게 잠겨 있었다. 저녁부터 새벽까지 몇 번이나 문을 열어보거나 방문에 귀를 대보았고 학교나 학원에서 졸았다.

아침이나 저녁에 만나는 아빠는 자상한 아빠였고 엄마에게서 매 맞는 아내의 흔적을 찾기 힘들었다. 식탁에서 식사하거나 거실에서 디저트를 먹을 때는 이 모든 상황이 거짓말이라는 생각밖에 안 들었다. 하지만 더 이상 아빠 얼굴을 제대로 볼 수 없었다.

며칠 뒤, 음악 감상실 문이 열려 있었다. 괴물로 변한 아빠가 또 엄마를 짓밟고 있었다. 여기저기 멍이 든 엄마는 사람이라기보다 동물에 가까워 보였다. 클래식 선율 사이로 아빠가 때리는 소리와 엄마의 비명과 신음이 더해졌다.

"어, 엄……."

전과 마찬가지로 목소리가 제대로 나오지 않았다. 내가 있다는 것을 알려서 아빠를 멈추게 하고 싶었다.

"아악!"

아빠의 발길질에 엄마가 바닥에 쓰러지면서 나와 눈이 마주쳤다. 괴물은 나를 보지 못했다. 이어지는 괴물의 발길질에 엄마는 고통으로 앓는 소리를 내면서도 문을 닫으라고 손짓했다. 나는 기계처럼 문을 닫고 내 방으로 갔다. 아빠가 엄마 목을 발로 밟는 장면이 눈앞에서 맴돌았다.

"엄마, 엄마, 아아아아아!"

드디어 목에서 소리가 나왔다.

"아아아아악!"

나는 온몸으로 비명을 질렀다. 나는 방에서 나와 음악 감상실로 달려가 문을 열었다.

"으아아악!"

눈을 감고 소리를 질렀기 때문에 그때 엄마가 어떤 모습이었는지 기억이 나지 않는다. 그냥 목소리가 나오지 않을 때까지 비명을 질렀다는 것만 안다.

내가 눈을 떴을 때 나는 병원에 있었다. 고개를 돌리자 침대 가장자리에 앉아 있는 엄마가 보였다.

"엄마가 미안해."

미안해할 일이었다. 엄마가 맞는 장면을 보게 했으니까. 아니 그보다 처음부터 괴물한테 맞지 말았어야 했다.

"엄마 바보 같지?"

"응."

내 대답에 엄마가 웃었다. 인터넷에서 매 맞는 여자들이 하는 뻔한 말을 엄마한테서 들을 줄 몰랐다. 언제부터 맞았냐는 내 질문에 엄마는 한참을 생각하더니 7년이라고 했다.

"이혼해."

"안 돼!"

나는 엄마가 맞으면서 참은 이유가 나 때문이라고 생각했다. 그 이유가 사라진 마당에 엄마 반응이 이해되지 않았다.

"왜? 엄마, 나는 괜찮아. 엄마가 이혼해도."

"지금은 아니야. 나중에."

그나마 이혼하겠다는 생각은 하고 있어 다행이라고 생각했다. 하지만 지금이 아니면 도대체 언제 한다는 소리일까 예전에 텔레비전에서 "이혼은 하긴 할 거지만 지금은 아니에요."라고 말하고는 50년 이상을 살다가 이혼한 70대 할머니의 모습이 떠올랐다.

"엄마, 해야 해. 계속 맞다가 잘못될……."

엄마가 맞아서 죽기라도 한다면……. 생각만으로도 소름이 끼쳤다. 퇴원한 뒤에도 나와 엄마의 대화는 '이혼'으로 시작되었지만, 엄마는 안 된다고만 했다. 나를 빼고 엄마가 이혼을 못 하는 까닭을 찬찬히 떠올렸다. 아빠의 국회의원 임기가 남아서? 외삼촌 사업을 아빠가 도와줘서? 엄마가 직장을 가져본 적이 없어서? 외가 쪽 친척 모두가 엄마의 이혼을 바라지 않아서 등 여러 이유가 떠올랐다.

병원에서 나온 이후 고모를 찾아갔다. 예쁘고 똑똑한 고모는 아나운서 시험을 한 번에 합격했으며 곧 결혼을 앞두고 있었다. 엄마가 이혼을 원하지 않는다면 괴물을 다시 아빠로 돌려놔야 했다.

내 이야기를 듣는 동안 고모의 얼굴이 시시각각 변했다.

"너 이런 얘기 다른 사람한테 했어?"

아니라는 내 말에 고모는 안심을 하며 그제야 나를 위로했다. 처음부터 "놀랐겠다?" "괜찮았니?" 같은 말을 기대했던 나는 고모 말에 너무도 실망했다.

"요즘 인터넷에 글 한 번 잘못 올리면 어떻게 되는지 알지? 아빠가 큰일 하잖니? 스트레스가 많아서."

"아빠는 국회의원 되기 전부터 엄마를 때렸대."

내 말에 고모 얼굴색이 하얗게 변했다.

"고모, 난 무서워. 때리는 것도 병이잖아. 엄마는 이혼 안 한대. 그러니까 아빠 치료를 받게 해줘. 난 아빠가 무서워 죽겠어. 당장이라도 엄마랑 도망가고 싶어. 매일 잠도 못 잔다고."

고모는 더는 할 말이 없을 때까지 이야기를 들어줬다. 그리고 엄마가 왔다. 엄마는 내가 원하는 대답을 하지 않았다. 집에 왔을 때 아빠가 나를 기다리고 있었다.

"너 1촌이 뭔지 알지? 부모 자식 관계는 1촌이고, 형제자매는 2촌, 고모나 삼촌은 3촌이야. 고모라고 해도 집에서 일어나는 일을 함부로 얘기하는 것은 나쁜 버릇이야. 아빠가 많이 힘들어서 엄마랑 싸운 것을 가지고 부풀려서 얘기하면 아빠 체면은 뭐가 되니?"

싸운 게 아니라 일방적인 폭력이라고 분명하게 얘기하고 싶었지만 아빠가 무서웠다. 폭력은 잘못한 일인데 왜 체면 이야기를 하는지 이해가 안 됐다. 아빠는 미안하다거나 잘못했다는 말을 하지 않았다. 벗어날 수 없는 절망감이 나를 감쌌다. 그때부터 나의 가장 큰 바람은 엄마와 아빠의 이혼이었다. 그 바람은 열다섯 살 여름에 이루어졌다.

"스무 살 될 때까지만 기다려. 그때 만나면 되지. 공부 열심히 해서 좋은 대학 가고. 너는 똑똑하니까, 엄마는 네 걱정 안 해."

엄마는 나에 대한 친권과 양육권을 모두 포기하는 조건으로 이혼

했다. 엄마와 떨어져 사는 일은 상상도 못 했다. 성인이 되는 나이는 만 19세니까 앞으로 5년이 남았다. 그 시간이 나한테 얼마나 먼 시간인지 엄마는 알지 못한 채 홀가분한 얼굴로 외할머니와 이모가 사는 미국으로 떠났다.

시간이 지나면 기억이 흐려진다고 하는데 나는 그렇지 않았다. 좋지도 않은 기억을 너무 생생하게 가진 게 짜증이 났다.

"어떻게 지냈어?"

"그냥 지냈어."

"엄마하고 연락은 하지?"

고모는 내가 엄마랑 연락하는 줄 알았나 보다. 엄마한테 서운하기는 했지만 처음 몇 개월 동안은 연락하며 빨리 어른이 되기를 바랐었다. 엄마는 미국에 간 지 얼마 지나지 않아 결혼했고 1년도 되지 않아 딸을 낳았고 일방적으로 연락을 끊었다. 나에 대한 모든 권리를 법적으로뿐만 아니라 감정적으로도 끊어낸 것이다. 가끔 내가 멋진 어른이 돼서 엄마를 만나는 모습을 상상한 적이 있다. 엄마가 눈물바람으로 나를 껴안을 때 천천히 엄마 손을 떼어내고 이렇게 말하는 거였다.

"저 아세요?"

엄마한테 버림받은 나는 모든 것을 포기했다. 학교에 가는 것 말고는 아무것도 하지 않았다. 성적이 곤두박질치자 아빠가 비싼 과외 선생을 붙여줬지만 아무 소용없었다. 그때 과외 선생 대신 의사한테 치료를 받게 했다면 어떻게 됐을까. 국회의원 선거에 떨어진 아빠는 대기업의 법무팀에 들어갔는데 할 일이 많지 않았는지 관심이 나한테, 정확히 말하자면 내 성적에 꽂혔다.

내가 공부를 못하는 것이 아니라 안 하는 것이라고 생각한 아빠는 술 냄새를 풍기며 내가 삼류 인생을 살 거라며 조롱했다. 나는 공부를 안 하는 것이 아니라 할 수 없다는 것을, 아빠를 무시하는 게 아니라 무서워한다는 것을 말하지 못했다. 아빠는 술에 취한 어느 날 인사를 제대로 안 한다며 내 뺨을 때렸고 그러고는 뒤통수와 엉덩이, 등을 마구잡이로 때렸다.

구세군의 종소리와 캐럴이 울려 퍼지던 12월 23일, 술에 취해 돌아온 아빠는 자고 있던 나를 깨워 인사를 시켰다. 수백 번도 넘게 고개를 숙였을 때 아빠는 잠이 들었고 그 틈을 타 고모한테 갔다.

나를 안전한 곳에 데려가줄 거라고, 두 번 다시 괴물을 보지 않게 해줄거라는 내 기대와 달리 고모는 나를 괴물이 있는 집으로 보내려 했다. 그래서 나는 도망쳤다. 그리고 지금까지 단 한 번도 연락을 하지 않았다.

"저……. 네 아빠가……."

"고모, 나는 엄마도 아빠도 고모도 싫어. 죽는 날이 같은 것조차 끔찍하게 싫어."

진심이다. 내 말에 고모 입이 쩍 벌어졌다.

"나는 지옥을 겪었거든. 저 세상에 천국과 지옥이 꼭 있었으면 좋겠어."

나는 한 손을 쭉 뻗어 유리창 밖 하늘을 가리켰다. 고모는 입을 여전히 벌린 채 아무런 말도 하지 못했다. 고모와 더는 시간을 보내고 싶지 않았다. 빈소 옆에 마련된 식당으로 가자 나를 찾고 있는 정아 언니가 보였다. 나는 얼른 가서 정아 언니의 손을 잡았다.

"언니, 밥 먹자. 언니가 안 먹으면 나도 안 먹을 거야."

밥을 챙겨 먹었을 리가 만무하다. 내 고집을 아는지 정아 언니가 밥을 먹었다. 정아 언니와 나는 룸메이트다. 고모 차에서 도망을 친 날 나는 정아 언니를 만났다. 그리고 지금까지 함께 살았다.

"오올, 맛있어."

"그렇네."

육개장이 매콤하니 맛있었다. 예전에 정아 언니가 내게 한 것처럼 밥 먹는 중간중간 수육과 부침개를 언니의 밥그릇에 올려줬다. 식사를 마친 우리는 장례식장 뒤편의 야외 휴게 공간으로 갔다. 나는 배낭에서 보온병을 꺼냈다. 보온병 안에는 언니가 좋아하는 커피가 담겨 있었다.

"아!"

정아 언니의 감탄사만으로 커피를 챙겨온 내 자신이 자랑스러웠다. 휴대전화에 담긴 존 레논의 노래, '이매진'을 틀었다. 정아 언니는 세상에서 가장 귀한 음식인 것 처럼 커피를 조금씩 마셨다. '이매진'을 두 번 들었을 때 정아 언니는 마지막 한 방울을 비웠다.

밥을 먹는 동안 현숙 아주머니 친구들은 정아 언니한테 현숙 아주머니가 정아 언니를 얼마나 사랑하고 걱정했는지 얘기했다. 정아 언니를 사랑하기는 개뿔. 내가 알기에 돈이 필요할 때 빼고 전화를 먼저 한 적이 없다. 정아 언니의 생일에도 전화를 걸어 돈을 달라고 했고 정아 언니가 돈이 없다고 하자 온갖 저주를 퍼부었다. 정아 언니는 막장 드라마에서나 볼 법한 온 가족을 먹여 살리는 주인공 역할이었다.

"왜 내가 1번이었는지 알아?"

"……."

"크크크, 죽어서까지 나만 알뜰살뜰하게 부려먹으려고. 내가 먼저 죽을 줄 알았는데, 우리 엄마는 타이밍도 끝내줘."

정아 언니는 대장암 환자고 지금 재발한 상태다. 지구가 혜성이랑 어쩌고 하는 소리를 들었을 때 나의 가장 큰 바람은 그때까지 정아 언니가 살아 있는 거였다. 그리고 다행히 그 바람은 현재 진행형이다.

씁쓸하게 웃던 정아 언니가 주섬주섬 일어났다.

"밥 잘 챙겨 먹고 있어. 알았지?"

"웅."

입술을 한껏 모아 응석을 부리듯이 대답하자 정아 언니가 까치발을 하며 내 머리를 쓰다듬어줬다. 서로 먼저 가라며 몇 분을 허비하다가 동시에 돌아서서 가기로 했다. 속옷과 약, 티백으로 된 원두커피

와 초콜릿이 담긴 꾸러미를 든 정아 언니 뒷모습이 종이 인형처럼 가벼워 보였다.

삼일장을 지낸 뒤 정아 언니는 집으로 돌아왔다. 정아 언니를 집까지 데려다준 정아 언니의 큰오빠는 방에 들어오면서부터 뭐가 못마땅한지 내내 인상을 찌푸렸다.

"그냥 우리 집으로 가자니까. 좁은 데서 이러지 말고."

"됐네요."

"되긴 뭐가 돼? 엄마도 가시고 이제 가족도 얼마 없는데."

"우리가 언제부터 사이가 좋았다고? 그냥 하던 대로 해. 오빠 이러는 거 정말 웃겨!"

정아 언니의 톡 쏘는 말을 들으며 나는 살짝 웃었다. 정아 언니의 오빠는 며칠 뒤 나한테 따로 연락했다. 정아 언니가 가족이랑 같이 안 사는 까닭이 나라고 했다. 픽 웃음이 나왔다. 정아 언니의 오빠는 나보다 정아 언니를 훨씬 몰랐다. 내 웃음에 마음이 상한 정아 언니의 오빠는 나를 예의도 모르고 불량한 아이라고 비난했지만 참고 들어줬다.

차현숙 아주머니의 49제가 되는 날이었다.

"49제. 날짜까지 끝내주지 않니? 내일이었으면 이정우 차 타고 가야 했잖아."

이정우는 정아 언니의 큰오빠 이름이다.

"그렇게 싫어?"

"싫다기보다 나를 볼 때 미안해하는 표정, 말, 행동 하나하나 전부 짜증나."

다른 사람은 몰라도 나는 이해할 수 있다. 정아 언니가 대장암 환자라는 사실을 알려줬을 때 정아 언니의 큰오빠는 믿지 않으려 했다. 눈시울을 붉히며 나한테 몇 번이나 확인을 했다. 그러다 말을 제대로 잇지 못한 채 눈물을 주르륵 흘렸다. 나는 정아 언니의 오빠가 많이 아파하기를 바랐다. 딱 죽지 않을 만큼. 괜찮지 않은 것을 괜찮다고 할 수는 없다. 우리는 살 날이 얼마 남지 않았으니까.

정아 언니가 버스를 타는 것을 본 뒤 걸었다. 엄마 아빠와 함께 살았던 아파트는 정아 언니가 사는 집에서 차로 5분도 안 되는 거리에 있다. 왕복 10차선 도로를 따라 올라가던 나는 걸음을 멈추고 주변을 살폈다. 유치원 건물 부근에 있던 육교가 사라졌다.

3년 전, 고모에게서 도망을 친 나는 괴물을 무너뜨릴 방법을 생각했다. 그때 내가 선택 가능한 방법은 한 가지였고, 어느 순간 내가 육교 위에 있었다. 새벽이 되자 차들이 속력을 많이 냈는데 차가 지나갈 때마다 진동이 느껴졌다. 난간에 몸을 걸친 채 아래를 내려다보고 있을 때 규칙적인 발소리가 들려왔다. 발소리는 내 뒤에서 멈췄다.

"나 부탁 하나만 해도 될까? 너는 좋은 일 하는 거야."

가느다란 여자 목소리였다. 고개를 돌리자 눈사람처럼 온몸을 꽁 꽁 싸맨 여자가 목도리를 풀어서 내 목에 둘러줬다.

"병원에서 CT 촬영을 해야 하거든. 내가 좀, 아니 많이 겁이 나서 그러는데 같이 있어줄래?"

편의점 아르바이트를 마치고 집에 가던 정아 언니였다. 나는 정아 언니의 부탁을 들어줬고 그날부터 언니와 함께 살았다. 정아 언니가 아니었다면 나는 지금 어디에 있었을까.

아파트 입구에 경비원이 없었다. 로비의 안내 책상에도 사람이 없다. 최고의 보안 시스템을 자랑했던 아파트였지만 이제는 썰렁하다. 엘리베이터를 타고 33층으로 올라갔다. 현관문이 열려 있었다. 안에 들어서자 생각지 못한 풍경이 펼쳐졌다. 복도에 걸려 있던 그림은 칼로 찢은 흔적이 뚜렷했고 거실에는 온갖 잡동사니가 나와 있었다. 거실과 달리 주방은 요리한 흔적은 찾아볼 수 없었고 유리컵과 술병들이 식탁에 있었다. 옛날과 똑같은 풍경은 유리창을 통해서 보이는 한강과 내 방뿐이었다. 액자 하나, 책 한 권까지 나올 때와 마찬가지로 제자리에 있었다. 방 안을 천천히 둘러보다가 장식장에 있는 피규어 중에서 하나를 꺼냈다. 7살 때 나였다. 미국 디즈니월드에 놀러 갔을 때 아빠가 특별히 주문해서 선물한 거였다. 내가 살았던 집에서 챙길 것은 이것밖에 없었다.

방에서 나온 나는 음악 감상실로 가서 방문을 열었다. LP로 꽉 차 있던 장식장은 군데군데 비어 있었고 오디오와 스피커는 쓰레기 더미처럼 보였다. 소파에는 광대뼈가 불거져 나올 정도로 마른 뺨에 수염이 덥수룩하게 난 사람이 온몸을 웅크린 채 자고 있었다. 지저분한 티셔츠에 운동복 바지를 입은 사람을 아빠라고 생각하기 어려웠다. 나는 발소리를 죽이고 바닥에 떨어진 술병, 생수통, 컵라면 용기, 음식물 쓰레기를 치웠다.

"지, 지연아!"

잠에서 깬 아빠가 소파에서 벌떡 일어났다. 아빠는 손으로 얼굴을 몇 번 문지르더니 눈을 깜박였다.

"오, 하느님 감사합니다. 지연아, 네가 왔구나!"

아빠가 내 곁으로 한 발 한 발 내딛을 때마다 나는 한 걸음씩 뒤로 물러났다. 아빠도 그 사실을 알아차렸는지 겸연쩍게 웃으면서 더는 다가오지 않았다.

"많이 컸네. 이젠 아빠랑 키가 비슷하겠다, 자식!"

내 키가 자란만큼 아빠는 줄어든 것 같았다. 나를 본 아빠는 무슨 생각을 했을까.

"왜…… 미안하다고, 왜 잘못했다고 말 안 했어요?"

생각지 못한 질문이었는지 아빠는 눈에 띄게 당황해했다.

"지연아, 그게 말이지, 지연아……."

"그때 잘못했다고만 했어도……. 아니에요. 됐어요."

아빠는 혼자 밥 먹고 혼자 놀고 잠을 자고 남은 시간을 혼자서 보내다 죽겠지. 내가 다시 오지 않는 한. 나는 방에서 나와 신발을 신었다. 더는 아빠가 무섭지도 두렵지도 않았다. 그냥 코끝이 시큰거리고 짜증이 났다. 말로 설명할 수 없는 감정들이 엉켰다.

"아빠…… 잘 지내."

다시 아빠를 만날지 모르겠지만 아빠가 잘 지내기를 바라는 마음은 진심이었다.

"지연아!"

아빠가 온 힘을 다해 나를 불렀지만 나를 잡을 수는 없었다. 지금 나한테 가장 소중한 사람은 정아 언니다. 정아 언니가 기다리는 좁고 따뜻한 집으로 돌아가면서 노래를 불렀다. 열다섯 살의 내가 스물아홉 살의 정아 언니 뒤를 따라갈 때 정아 언니가 불렀던 노래였다. 그때 나에게 들렸던 가사는 딱 하나였다.

"벗 아임 낫 디 온리 원."

노래 제목이 '이매진'이고 부른 사람이 '존 레넌'이라는 유명한 가수다. '죽을 만큼 슬프고 아픈 사람은 너 혼자만이 아니다.'라고 정아 언니가 위로해주는 것 같았다. 그 가사가 그런 뜻은 아니었지만 그때 내게는 그랬다.

레오도 잘 있겠지?

나영 씨는 몇 번이나 시계를 봤다. 10시가 조금 지나 있었다. 남편과 아이들이 회사와 학교에 가면 바쁜 일들을 해치우고 한숨을 돌리는 시간이었다. 평소에는 FM 라디오를 들으며 커피 한 잔을 마시거나 소파에 누워 단잠을 자거나 이도 저도 아니면 친한 아주머니들과 근처 카페에서 브런치를 먹으며 수다를 떨었다.

거의 5개월 만에 혼자서 아침을 다시 맞았다. 남편은 고등학교 동창들과 등산을 하러 갔고 중학생인 지영이는 아이돌 가수 지큐의 공연을 보러 갔다.

"엄마, 지큐 오빠는 끝까지 멋져. 공연 이름이 뭔지 알아? '네버엔딩'이야, 네버엔딩. 나는 죽을 때 지큐 오빠 음악을 들을 거야. 내 멋대로 살 거야~ 간섭은 노우 노우, 땡큐 에브리바디!"

예전 같으면 나영 씨는 한소리를 하면서 "공부를 좀 그렇게 해라."

라고 잔소리를 해 시영이의 눈물 콧물을 쏙 빼놓았을 거다. 하지만 이제는 그럴 필요가 없다. 가족 모두가 즐거운 시간을 보내는 것이 나영 씨의 바람이 되었으니까. 초등학교 5학년인 지호는 한국대학교 앞에 있는 피시방에 갔다.

"거기 피시방 시설이 죽인데. 오토바이 레이싱도 하고 파워 좀비도 하고 또……."

혹시 나영 씨가 허락을 안 할까 봐 눈치를 보는 지호가 귀여웠지만 나영 씨는 일부러 못마땅한 표정을 지어 보였다.

며칠 전부터 지호가 한국대학교 타령을 하기에 한국대학교 구경을 하러 가는 줄 알았는데 착각이었다. 마지막으로 가고 싶은 곳이 피시방이라는 소리를 듣는 순간 "어휴, 이 멋대가리 없는 녀석아!" 하고 소리를 지를 뻔했다.

"이왕 하는 거 멋지게 이겨라!"

나영 씨 말에 지호가 눈이 안 보일 정도로 활짝 웃었다. 그 모습이 귀엽고 예뻐서 나영 씨는 지호의 볼을 잡고 흔든 뒤 엉덩이를 툭툭 쳤다.

"아이씨, 엄마 좀!"

지호가 엉덩이를 얼른 뒤로 피하며 현관문으로 내뺐다.

"참, 돈 갖고 가야지."

지갑을 찾으러 안방으로 들어서던 나영 씨는 손바닥으로 이마를 탁탁 쳤다. 자꾸 잊어버린다. 돈 없이 차를 타고 돈 없이 피시방에서 게임을 할 수 있다는 사실을. 5개월 전, 온 가족이 모여 예능 프로그램을 보고 있을 때 텔레비전 화면에 대통령이 나타났다.

"국민 여러분, 안녕하십니까? 대한민국 대통령 한정식입니다. 오늘 여러분께 말씀드릴 내용은 저 개인적으로도……."

"야, 다른 데 틀어. 보나마나 북한 이야기일 거야."

지영이 말에 지호가 채널을 돌렸지만 마찬가지였다. 나영 씨는 뻔한 얘기를 듣느니 저녁 준비를 하려고 일어섰다.

"엄마, 엄마!"

고개를 돌리자 지영이가 텔레비전 화면을 가리켰다.

"왜?"

'지름 11.5킬로미터 혜성, 초속 51킬로미터로 지구 접근 중. 9월 30일 인류 멸망!'이라는 자막이 눈에 들어왔다. 순간 앞이 아찔할 정도로 현기증이 났다.

"야, 야 믿지 마. 저거 완전 뻥이야, 뻥! 틀림없이 우리에게 요구할 것이 있거나 숨길 것이 있어서 저러는 걸 거야. 근데 이번에는 참신하다. 인간이 달에 가는 세상에, 혜성이 지구를 향해 슈웅 하고 돌진하다가 파앙! 똑똑하다는 사람들이 대본을 써도 어쩜 저렇게밖에 못 쓸까?"

남편 말에 하얗게 질렸던 지영이와 지호의 얼굴색이 원래대로 돌아왔지만 나영 씨는 가슴이 벌렁거리고 온몸이 떨렸다.

"아빠, 근데 폭발력이 1억 메가톤이면 어느 정도야?"

"글쎄. 음, 50메가톤만 되도 도시 하나는 거뜬히 파괴한다니까 어마어마하겠지. 그런데 전문가라는 사람들이 약 1억에서 10억 메가톤 폭발력 예상은 뭐야? 그 차이가 얼마나 큰 건데, 쯧쯧."

"여보, 근데 꼭 진짜를 말하는 것 같아. 얼굴도 완전 흑색이고 목소리도 떨렸어. 사람이 거짓말 할 때 눈동자가 오른쪽으로 향하고 손도 많이 든다는데 전혀 안 그랬잖아."

"엄마, 그거 거짓말이랑 상관없대. 그게 거짓말이야. 거짓말."

지영이 말에도 나영 씨의 떨림은 멈추지 않았다. 그리고 얼마 뒤 분명히 알게 되었다. 혜성의 충돌로 지구 인류 전체가 멸망한다는 대통령의 담화문은 틀림없는 사실이라는 것을.

모두가 사라지는 날이 다가온다고 해도 평범한 사람들이 할 수 있는 일은 많지 않았다. 나영 씨 역시 그랬다. 비싸서 엄두를 못 내던 옷과 구두, 가방, 그릇과 가구 등을 조금씩 바꾸기만 했다. 하지만 얼마 뒤 백화점과 마트, 모든 가게에 '무료'라는 글자가 붙었다. 살 때도 뭔가 씁쓸했는데 무료라는 글자를 보는 순간 욕심을 내던 모든 물건들이 별거 아닌 것처럼 보였다. 다이아몬드를 공짜로 가질 수 있고 돈 없이도 살 수 있는 꿈같은 세상이 됐다.

"다시 한번 관리실에서 알려드립니다. 오늘은 9월 23일입니다. 모든 관공서와 대중교통은 오늘까지만 이용하실 수 있습니다. 다시 한번 알려드립니다. 관공서나 대중교통을 이용하실 분들은 빨리 서두르시기 바랍니다. 오늘 하루 모두 좋은 날, 의미 있는 날을 보내시기 바랍니다."

"아, 왜 이렇게 착한 척이야!"

나영 씨는 신경질을 내며 베란다 문을 세게 닫았다. 관리실에서 하는 안내 방송이 마음에 안 들었다. 항상 쓰레기 분리수거를 잘해라. 소음에 유의해라. 관리비를 제때 내라. 배관 공사 때문에 시끄러워도 참아라. 주차를 제대로 해라. 뭔가 독촉하고 주의를 주던 안내 방송이 나긋나긋하고 친절해진 게 못마땅했다. 더구나 좋은 날, 의미 있는 날 보내라는 인사가 같잖기만 했다. 친절하지 않던 사람들이 친절해지고 불만을 늘어놓던 사람들이 관대하고 너그러워지는 모습을 보면 아이들 말대로 오글거렸다.

"소름 돋았다니까. 밤이고 새벽이고 할 것 없이 찾아와서 예의가 없느니, 양심이 없다고 난리 치던 사람이 나긋나긋하게 '사이좋게 지내요.' 하는데 너무 끔찍했어. 차라리 그냥 악다구니 쓰는 게 낫지. 파운드 케이크까지 갖고 왔더라고. 음식이 싫어진 적은 난생 처음이라니까."

동생 정미의 말이 떠올랐다. 정미는 1년 전부터 층간 소음 때문에 바닥에는 매트를 깔고 현관 문 외에는 모든 문을 열어놓고 살았다. 아랫집 항의 때문에 스트레스를 너무 받아서 탈모까지 생겼다. 이사를 가고 싶어도 전세 계약을 해지할 경우 이래저래 나갈 돈 때문에 울며 겨자 먹기식으로 참았다. 정미는 5개월 전 숲과 가까운 곳으로 이사했다. 나영 씨는 정미의 마음을 충분히 이해할 수 있었다.

나영 씨는 텔레비전 리모컨을 찾다가 금방 마음을 바꿨다. 관리실 방송보다 더하면 더했지 덜하지 않다. 모든 방송이 종교 방송처럼 변했다. 뉴스, 쇼, 코미디, 드라마, 다큐멘터리 등 모든 방송에 등장하는 단어들이 자유, 평화, 긍정, 봉사, 나눔, 양보 등 한구석에 밀어놓기만 하던 단어들로 바뀌었다. 전쟁이 멈추고 기아가 사라진 것은 다행스러운 일이지만 나영 씨는 어색해 보였다. 시시때때로 "진작에 이러지, 왜 이제 와서 난리야?" 하고 소리를 지르고 싶었다. 그때 전화가 울렸다. 나영 씨는 부리나케 소파 위에 있던 휴대전화를 집어 들었다. 친구 현숙이었다.

"어디야?"

"집인데 왜?"

나영 씨는 현숙이를 만나 수다라도 떨까 하는 생각에 반갑게 대답했다.

"그냥. 나는 오늘 양로원에 왔어. 어르신들 목욕시켜 드리고 숨 돌리면서 전화하는 거야. 봉사하는 게 얼마나 보람된 일인지 몰라. 진작 좀 할 걸 그랬어."

현숙이 말을 듣는 순간 나영 씨는 심술이 났다.

'그래 너도 착한 척해라, 해.'

어제 전화 통화를 했을 때도 현숙이는 요양원의 '요' 자도 꺼내지 않았다.

시어머니와 사이가 좋지 않았던 현숙이는 평소 "아유, 자식을 무슨 보험이라도 되는 양하는 노인들 보면 정말 불쌍해. 늙으면 말은 줄이고 지갑이나 열어야 해. 그런데 우리 집 노인네는 죽을 때 싸매고 갈 건지…….”라는 말을 자주 했다. 나영 씨는 그 말을 고스란히 현숙이에게 들려주고 싶었다.

“마지막 외출이잖아. 그래서 좀 의미 있게 쓰려고. 남편과 애들이 엄마는 못 말린다고 하더라. 호호호. 어머! 얘, 어르신이 나 커피 마시라고 부르신다. 어르신, 가요. 또 통화하자.”

나영 씨는 말 한마디 제대로 못 하고 현숙의 얘기만 들었다. ‘노인’ 대신 ‘어르신’이라며 콧소리를 내는 현숙이 때문에 헛웃음이 나왔다.

“마지막 외출. 마지막 외출.”

나영 씨는 마지막 외출이라는 말을 되풀이했다. 입 밖으로 나온 말들은 사라지지 않고 나영 씨 마음 안에 계속해서 머물렀다. 차가 있으니 가고 싶은 곳은 갈 수 있다. 하지만 버스나 택시, 기차, 비행기는 더는 못 탄다. 당연하게 할 수 있던 것들을 내일부터는 할 수가 없다.

아파트 전체가 텅 빈 듯했다. 나영 씨는 서둘러 세수를 하고 화장대 앞에 앉았다. 민낯의 얼굴을 처음 마주한 것처럼 자세하게 살폈다. 이마 앞쪽에 하얀 머리가 나 있고 눈가 밑에는 기미가 끼어 있었다.

“후유!”

나영 씨는 스킨, 로션을 바른 뒤 자외선 차단제를 꼼꼼하게 발랐다. 그 위에 메이크업 베이스를 바르고 파운데이션을 바르고 파우더를 발랐다. 입술 화장은 자신이 있었는데 오늘따라 입술 선이 계속 비딱했다. 몇 번이나 솜으로 닦아내고 립스틱을 다시 발랐다.

"립스틱도 다 못 쓰겠네. 이럴 줄 알았으면……."

지난봄 백화점에서 산 연한 장미색 립스틱이었다. 반이나 넘게 남은 립스틱이 나영 씨는 아깝기만 했다. 나영 씨는 옷장을 열었다. 결혼하고 15년 동안 산 옷보다 정부 발표를 한 뒤에 산 옷들이 더 많았다.

보라색 블라우스와 하늘하늘 늘어지는 치마를 입고 높은 굽의 구두를 신고 나오던 나영 씨는 엘리베이터를 타기도 전에 집에 다시 돌아갔다. 그리고 평소 즐겨 입는 하늘색 셔츠와 청바지로 갈아입고 굽이 낮은 운동화를 신었다. 가방 역시 평소에 자주 들던 작은 천 가방으로 바꿔 들었다. 밖으로 나왔지만, 딱히 갈 곳이 없었다. 나영 씨는 집과 가까운 근처 공원에 갔다. 생각보다 사람이 많았다. 나무 아래에 자리를 깔고 대화를 나누는 가족들도 많았지만 혼자서 시간을 보내는 사람들도 많았다. 나영 씨는 여러 의자 중 분수대가 보이는 의자에 앉았다.

"날씨가 좋네요."

챙 모자를 쓴 통통한 아주머니가 나영 씨 옆자리에 앉으며 인사했다.

"예. 그러네요."

나영 씨는 고개를 들고 하늘을 바라봤다. 푸른 하늘에 그림을 그린 것처럼 구름이 떠다니고 있었다. 엽서나 그림에서 볼 법한 가을 하늘이었다.

"이것 드실래요? 맛있어요."

아주머니가 나영 씨한테 약과를 건넸다. 나영 씨는 단 음식을 좋아하지 않지만 거절하지 않고 받았다.

"내가 다른 건 다 참겠는데, 이걸 못 참아서 살을 못 빼는 거예요. 맨날 열심히 운동하면서 살 빼면 뭐해? 또 먹는데."

"후훗."

나영 씨는 아주머니의 말이 재미있어서 웃었다.

"올해 들어서 남편은 살을 찌우고 나는 살을 빼기로 약속했어요. 우리 남편은 멸치거든요. 60킬로그램도 안 돼요. 남편은 살 찌우는 데 성공했는데 나는 실패했죠. 속상해서, 정말."

나영 씨는 아주머니의 얘기가 딴 세상 얘기처럼 들렸다. 하지만 사는 동안 매 순간 죽음을 생각하는 것보다 훨씬 나아 보였다.

"어, 으악!"

누런 물체가 자신한테 달려드는 바람에 나영 씨가 소리를 질렀다. 갈색 강아지가 바닥에 떨어진 약과를 먹느라고 정신이 없었다. 나영 씨는 얼른 강아지 주둥이를 붙잡아 입에 든 약과 조각을 빼내려 애썼다.

"죄송합니다. 정말 죄송해요."

젊은 남자가 달려와서 사과를 하며 강아지를 얼른 안아 들었다. 뒤이어 젊은 여자가 헐레벌떡 뛰어왔다.

"돌돌이, 너 이 녀석. 집에 가면 맴매할 거야. 으응."

여자가 강아지 양쪽 다리를 잡고 화난 체했지만 강아지는 꼬리를 흔들며 왈왈거렸다.

"고 녀석, 지가 주인이네. 너무 오냐오냐 키웠구먼."

아주머니가 끼어들자 강아지가 아주머니를 향해 사납게 짖었다.

"어이고? 지 주인한테 하는 소리는 듣기 싫나 보네."

아주머니 말에 모두가 웃고 말았다. 한눈에 봐도 사랑을 많이 받은 강아지였다. 나영 씨는 의자에서 일어났다. 그동안 가야 한다고 생각만 하면서 미뤄뒀던 곳이 있었다.

고속버스 터미널에는 생각보다 많은 사람이 있었다. 다행히 나영 씨가 가려고 한 읏지행은 다른 곳에 비해 승객이 덜 몰렸다. 버스를 탄 뒤 잠깐 졸았나 했는데 목적지인 읏지였다. 읏지는 인구가 2만 명도 안 되는 작은 도시였다. 나영 씨는 터미널에서 택시를 탔다.

"한지리요."

"예에."

운전사 아저씨 목소리가 시원했다. 읏지에서도 북쪽으로 다른 도시와 접해 있는 한지리는 50여 가구가 살며 옥수수와 복숭아, 배 농사 등을 짓고 있었다. 3년 전에 올 때는 온 신경이 다른 곳에 가 있어 주변을 신경도 못 썼는데 찬찬히 둘러보니 경치가 제법 괜찮았다. 나영 씨는 주변을 구경하며 3년 전 기억을 떠올렸다.

"이게 뭐야? 너 왜 그랬어, 엉?"

나영 씨는 둘둘 말은 신문지로 바닥을 탕탕 쳤다. 놀란 레오는 벌써 베란다로 도망쳤다.

"아유, 정말 못살아!"

나영 씨는 휴지를 갖고 와서 거실 바닥에 있는 레오가 싼 똥을 치웠다. 식초 물을 스프레이로 뿌리고 박박 닦았지만 똥 냄새가 계속 나는 것 같았다. 청소하는 동안 레오는 어느새 거실 소파 옆에 자리를 잡고 졸았다. 지호만 아니었다면 벌써 다른 곳으로 보내고도 남았다. 어렸을 때부터 지호는 강아지를 키우고 싶다고 노래를 불렀다. 그때마다 나영 씨는 강아지를 키우는 일은 말 못하는 아기를 돌보는 것만큼 힘든 일이라고 말하며 지호를 달랬다.

그러던 어느 날 지호가 싱글벙글하며 현관으로 들어왔다.

"엄마, 약속 지켜!"

나영 씨는 지호가 무슨 말을 하는지 몰라 어리둥절해했다.

"나 만점 받았어!"

"뭐? 설마"

"중간고사에서 올백 받았지롱."

나영 씨는 지호가 중간고사에서 만점을 받을 줄은 상상도 못 했다. 다른 과목은 몰라도 지호는 수학을 못했다. 인터넷으로 성적표를 확인한 나영 씨는 지호를 껴안고 방방 뛰었다.

"이 예쁜 자식, 아유!"

나영 씨는 지호 양쪽 뺨을 잡고 뽀뽀했다. 지호가 곧바로 손으로 뺨을 닦았지만 상관없었다. 지호가 방에 들어간 사이 치킨과 피자를 배달시키고 SNS에 '우리 아들 올백'이라는 글을 올리고 댓글을 확인하는 기쁨의 시간을 즐겼다.

“엄마, 이제 강아지 길러도 되지, 응?”

지호의 얼굴은 확신으로 가득 차 있었다. 그제야 나영 씨는 지호와의 약속이 떠올랐다.

“엄마, 나 올백 받으면 강아지 기를 수 있게 해줘.”

“그래, 알았다. 알았어.”

나영 씨는 아차 싶었지만 내색하지 않았다.

“지호야, 너 갖고 싶어 하는 게임기 있잖아. 그거 사줄게.”

“응, 좋아. 근데 강아지 대신 게임기 사주는 건 싫어.”

지호는 쉽게 넘어오지 않았다.

“저 녀석, 강아지 때문에 죽기 살기로 공부한 것 같은데. 부모 자식 간에도 신뢰가 중요해. 자식한테 약속은 지키라고 하면서 부모가 약속을 어기면 권위가 안 선다고.”

옆에서 치킨을 먹던 남편이 귓속말을 했다.

“엄마, 지호는 강아지 안 사주면 집 나갈지도 몰라. 지호 녀석 길거리 가다가도 강아지만 보면 눈이 그냥 하트가 돼서 못 말리잖아.”

지영이까지 거들자 나영 씨는 선택의 여지가 없었다.

“엄마는 강아지 안 좋아하지만 지호가 강아지를 좋아하니까 기르게 해줄게. 그러니까 강아지 돌보는 일은 서로 나눠서 하는 거야, 알았지?”

나영 씨는 애견숍에서 예쁘고 어린 강아지를 데려오려고 했다. 그런데 지호가 자기가 봐둔 강아지가 있다고 하더니 친구 집에서 포메라니안과 말티즈의 피가 섞인 잡종 강아지를 데려왔다. 강아지는 체격도 크고 토끼처럼 오뚝한 귀를 빼면 볼품이 없었다. 작고 앙증맞은 강아지를 생각했던 나영 씨의 마음에 들지 않았지만 지호가 너무 예뻐해서 반대할 수 없었다. 지호는 강아지가 애니메이션 〈밀림의 왕자 레오〉에 나오는 사자와 닮았다며 레오라고 불렀다.

지호는 나영 씨와 한 약속을 잘 지켰다. 집에 있을 때면 레오 식사도 챙기고 배변판도 갈고 산책도 했다. 지호와 레오가 놀고 있는 모습이 평화로워서 나영 씨도 레오를 잘 데려왔다는 생각이 들었다. 그렇게 가족들 사이에서 레오는 점점 자리를 잡아갔다. 그런데 지호가 레오와 함께 노는 시간이 늘어나면서 지호의 성적이 점점 내려갔다. 처음부터 어느 정도 예상했던 나영 씨는 지호의 과외를 늘렸다. 그러다 보니 레오를 돌볼 사람은 나영 씨가 되었다. 그런데 문제는 다른 사람에게 꼬리를 치는 레오가 나영 씨를 싫어한다는 사실이었다.

"이게 뭐야? 또 여기서 똥 눌 거야?"

"으르릉……."

"뭘 잘했다고 으르릉거려?"

나영 씨는 다시 신문지 막대로 바닥을 쳤다. 5킬로그램도 안 되는 조그만 생명체가 끝까지 대드는 모양이 기가 막혔다. 왜 그런지는 알고 있다. 매일 가던 산책을 며칠째 빼먹었다. 산책이 개에게 중요하다는 것을 잘 알지만 바빴다. 나영 씨는 레오를 베란다로 내몰고 배변

판과 밥그릇까지 모두 옮겼다.

오자마자 레오를 찾던 지호는 레오가 베란다에 있자 나영 씨를 원망했다.

“네가 돌보지도 않잖아. 레오가 배변판에 똥을 안 누면 그때마다 베란다에 내놓을 거야. 앞으로도 계속 함께 살 건데 배변 습관 고치지 않으면 안 돼.”

나영 씨의 말에 지호도 더는 대꾸를 하지 못했다.

그날 저녁 나영 씨는 레오를 다시 거실로 들였다. 베란다에서 우는 레오 때문에 경비실에서 항의 전화가 왔다. 레오가 불쌍한 지호는 레오를 방으로 데리고 들어가려고 했지만 나영 씨가 막았다. 이참에 확실하게 레오의 버릇을 고칠 셈이었다.

얼마 지나지 않아 나영 씨는 레오를 동물 병원에 데리고 가서 성대 수술을 시켰다. 마취가 풀리자 끙끙거리며 주변을 두리번거리던 레오가 안쓰러웠다.

“케에에엑!”

레오는 자신에게서 나는 소리가 이상한지 몇 번이나 짖었다. 그 모습이 짠한 나영 씨는 레오를 안아 들었다.

“우리랑 오래 살려면 어쩔 수 없어. 네가 얼마나 소리를 질렀니? 좀 불편해도 참아.”

하지만 차 안에서 레오는 배변 패드가 안 깔린 곳에 오줌을 눴다. 나영 씨는 주인인 자신에게 항의를 표시하는 레오가 못마땅했다.

"엄마, 레오가 이상해. 어디가 아픈가 봐."

지호가 레오를 안아 들고 울상을 지었다.

"목소리가 이상……."

"성대 수술했어. 다른 집에서 항의가 들어와서 더는 어떻게 할 수가 없었어. 엄마가 못됐다는 그런 말은 하지 마. 너도 레오를 돌보지 않고 엄마한테 맡겼잖아."

남편도 지영이도 레오가 성대 수술한 것을 불쌍하게 여겼지만 그뿐이었다. 레오가 성대 수술을 한 다음 이상하게 지호가 레오한테서 멀어졌다. 나영 씨는 지호의 변화를 자연스럽게 받아들였다.

아침부터 정신이 없는 날이었다. 남편이 모처럼 휴가를 얻어 지호와 함께 국토대장정 행사에 함께 따라나섰고 지영이는 수학여행을 갔다. 나영 씨는 오랜만에 찾아온 자유를 만끽하기 위해 친구들과 약속을 잡았다. 미술관에 가서 그림도 보고 맛집에서 식사하고 저녁에는 뮤지컬 공연을 관람했다. 야경이 예쁜 카페에서 친구들과 수다를 떨던 나영 씨는 분위기에 젖어 술도 몇 잔 마셨다. 나영씨는 새벽에 들어와 옷만 갈아입은 채 잠을 잤다. 오후 늦게 일어나 늦은 식사를 하고 텔레비전을 봤다. 소파에 누워서 뒹굴뒹굴하는데 그제야 뭔가 빠진 게 생각이 났다. 나영 씨는 지영이와 통화를 하고 남편과 지호와 차례대로 통화했다. 다시 텔레비전을 보던 나영 씨는 한참이 지나서야 잊은 게 뭔지 깨달았다. 레오.

급하게 베란다로 나가보니 레오는 베란다 구석에 드러누워 있었다.

"레오야!"

레오는 꼼짝도 안했다. 나영 씨는 레오를 안고 동물 병원으로 달려갔다. 병원에 도착해서 진료를 받은 뒤 레오는 영양제를 맞았다. 링거를 꽂고 있던 레오는 한참이 지나서야 눈을 떴다. 원망 가득한 레오의 눈을 보자 나영 씨는 고개를 돌렸다.

"탈진했네요. 날씨가 더워서 그런가 영양 상태도 별로 안 좋아 보이던데……. 하루에 사료는 어느 정도 주세요?"

의사 말에 나영 씨는 뭐라고 해야 할지 몰라 머뭇거렸다.

"그, 그게 자율 급식을 해서요."

"잘 살펴보셔야 해요. 제대로 안 먹으면 혈당도 떨어지고 간 기능도 나빠져요. 갑자기 쇼크 오면 어떻게 되는지 아시죠?"

의사가 비난하는 것 같아 기분이 나빴지만 참았다.

"사람이나 동물이나 어릴 때는 참 예쁘죠. 안 그래요? 책임감을 느끼고 기른다는 게 쉽지는 않죠. 오늘은 두고 가세요."

나영 씨는 의사 말에 순순히 따랐다.

"이 녀석, 뭐가 그렇게 속상해서 밥도 안 먹어, 응? 잘 먹고 즐겁게 지내야지. 뭐가 속상한지 아저씨한테 말해봐, 응?"

애정이 담긴 의사의 말에 나영 씨는 죄책감을 느꼈다. 나영 씨는 무슨 정신으로 집에 왔는지도 몰랐다. 집에 와서도 멍하니 소파에 앉아 한참을 있던 나영 씨는 벌떡 일어나 베란다로 갔다.

레오 밥그릇에는 사료가 반이나 남아 있었지만 물그릇은 비어 있었다. 물을 언제 줬는지 나영 씨는 기억하려고 했지만 그저께였는지 그 전날이었는지 기억이 안 났다.

"하아."

나영 씨는 베란다에 주저앉았다. 레오가 베란다에 있는 것조차 잊고 있던 것이다. 어떻게 이렇게까지 까맣게 잊을 수 있는지 죄책감이 들었다.

다음 날 병원에 갔을 때 나영 씨를 본 레오는 못마땅한 표정을 지었다. 그 표정이 마치 "네 죄를 네가 아느냐?" 하고 묻는 것 같아 나영 씨는 살짝 웃음이 났다. 집으로 들어가기 전에 나영 씨는 근처 공원으로 레오를 데리고 갔다. 엉덩이를 실룩샐룩하며 걷는 모습이 귀여웠다. 오랜만의 산책이 반가워서인지 레오는 신이 나서 앞장을 섰다. 나영 씨는 레오가 가는 대로 리드 줄을 잡고 뒤따랐다. 레오는 가끔 가면서 걸음을 멈추고 나영 씨가 잘 따라오는지 뒤를 살폈다. 레오의 걸음이 조금 늦어지자 나영 씨는 레오한테 물을 주기 위해 근처 의자에 앉았다.

"아유, 애가 예쁘네요. 몇 살이에요?"

유모차에 강아지를 태운 아주머니가 레오를 보며 물었다.

"아직 한 살 안 됐어요."

"아고, 한창 난리겠네요. 우리 초롱이도 그맘때 데리고 왔는데."

열두 살인 초롱이는 마르티스였는데 눈은 안 보이고 치매 증상이 있다고 했다.

"밥을 먹어도 밥을 먹었는지 몰라요. 돌아서서 또 밥을 찾는데 보기가 힘들어요. 병원비도 너무 많이 들고. 그래도 쟤가 나한테 주는 기쁨이 참 많았어요. 갈 때 편하게 가야 하는데……."

병원비라는 말에 나영 씨는 레오한테 든 병원비를 떠올렸다. 의료보험이 안 되어 그렇다고는 하지만 생각보다 큰돈이었다.

집에 온 나영 씨는 쇠고기를 구워서 레오한테 줬다. 눈 깜짝할 사이에 접시에서 고기가 사라졌다. 거실을 뛰어다녀도 나영 씨가 아무런 말을 하지 않자 레오는 가끔 나영 씨를 보고 고개를 갸웃했다. 나영 씨는 레오가 잠을 잘 때 레오 목에서 이름표를 뗐다.

"으르릉……."

살짝 눈을 뜬 레오가 으르렁거렸다.

"자, 아무것도 아니야!"

나영 씨의 말에 레오는 다시 눈을 감았다.

다음 날 차에 태우자 레오는 신이 나서 조수석에 앉았다. 예전에 레오를 데리고 여행을 갔던 추억이 떠올랐다. 세 시간 정도 달리자 열린 창문 사이로 풀냄새가 들어왔다. 나영 씨는 자신의 선택이 옳다고 믿었다.

차를 세운 뒤 나영 씨는 주위를 두리번거렸다. 50가구도 안 되는 시골 마을이어서 그런지 한적했다. 나영 씨는 레오를 안고 걸었다. 차를 타고 가면 금방이지만 혹시나 하는 생각이 그것을 막았다. 레오의 몸무게가 5킬로그램이 아니라 10킬로그램이 넘는 것처럼 느껴졌다.

나영 씨의 발걸음이 축축 처졌다.

대문이 있는 집보다 대문이 없는 집이 많았다. 무더운 여름 한낮에 시골 사람들은 밖에 나오지 않는다. 길을 걷는 동안 소와 개들이 잠깐씩 아는 척을 할 뿐 조용했다. 팔에 안긴 레오가 내리겠다고 발버둥을 쳤지만 나영 씨는 내려주지 않았다.

푸른 잔디가 깔려 있고 나무 그네가 있는 집이 보이자 나영 씨는 레오를 내려놓았다. 따로 할 인사말은 없었다. 레오 고개를 집 쪽으로 향하게 하고 살짝 엉덩이를 쳤다. 영문을 모르는 레오가 천천히 집으로 들어가자 나영 씨는 재빠르게 뒤돌아서서 왔던 길로 되돌아 걸었다. 어느 순간 기척이 들렸다. 레오가 짧은 다리를 껑충거리면서 뛰어왔다. 나영 씨는 가던 길을 멈추고 레오를 안고 나무 그네가 있는 집으로 되돌아갔다. 레오를 내려놓은 뒤 나영 씨는 레오와 눈을 맞췄다.

"따라오지 마! 안 돼! 여기 할머니가 좋은 분이니까 잘 키워줄 거야. 너도 알지? 베란다에서 사는 것보다는 넓은 곳에서 뛰어다니고 그렇게 사는 게 훨씬 좋아. 개답게 사는 거야."

나영 씨는 레오한테 생각나는 대로 말을 했다. 나영 씨의 말을 알아들은 건지 쫑긋하게 솟아 있던 귀가 축 늘어졌다. 나영 씨가 몇 번을 뒤돌아볼 때까지 레오는 그 자리에 그대로 앉아 있었다. 빠르게 걷던 나영 씨는 어느 순간 열심히 달렸다. 어린 시절 달리기 대회에 나갔을 때와 아이들이 아파 병원에 갔을 때 말고는 숨이 헐떡일 정도로 달린 건 처음이었다.

차에 탄 나영 씨는 시동을 건 뒤 액셀러레이터를 밟았다. 텔레비전에서 볼 때처럼 레오가 차를 따라 쫓아오면 어쩌나 하는 생각이 들었지만 쓸데없는 걱정이었다. 백미러를 봐도 평화로운 시골 풍경만 들어왔다. 그제야 나영 씨는 쪼그라들었던 가슴을 활짝 폈다. 레오를 두고 온 집의 할머니를 믿었다.

작년에 친구들과 여행을 갔다가 길을 잘못 들어서 간 곳이었다. 그 집의 할머니는 처음 보는 사람들에게 옥수수와 물을 권했다. 그런 마음씨라면 동물이라도 함부로 하지 않을 거라는 확신이 있었다.

정신없이 앞만 보고 집으로 달렸다. 절대 따라올 수 없는 거리다. 나영 씨는 완전 범죄를 계획했다. 레오 사진을 인쇄한 종이를 동네 곳곳에 붙이고, 반려견과 관련된 인터넷 카페에 강아지를 찾는다는 글도 올렸다. 국토대장정에서 돌아온 지호는 레오의 사진을 들여다보며 눈물을 글썽거렸다.

"설마 당신이 내다 버린 건 아니지? 아니, 미안. 내가 말을 심하게 했어. 당신도 지호 못지않게 힘들 텐데."

나영 씨는 사과하는 남편 얼굴을 제대로 볼 수가 없어서 팔로 이마를 짚으며 어지러운 척을 했다. 몇 날 며칠 동안 나영 씨는 잠을 못 자고 뒤척였다. 가끔 레오를 봤다는 전화가 왔지만 모두 레오가 아니었다. 레오는 서서히 잊혀졌고 다른 가족들도 잊었다고 생각했다.

한 달 전이었다. 텔레비전을 보던 지호가 갑자기 나영 씨를 빤히 바라봤다.

"왜? 엄마한테 할 말 있어?"

"엄마, 레오도 잘 있겠지?"

"뭐?"

나영 씨는 두근거리는 가슴을 숨기며 담담한 표정을 지었다.

"우리 레오, 죽기 전에 만났으면 좋겠는데. 레오가 내 마음을 알고 사라진 거야."

"뭐? 레오가 네 마음을 알다니? 무슨 뜻이야?"

"엄마랑 잘 지낼 수 있었는데 괜히 데려와서 미안했거든. 게다가 목소리까지 없애고 나 때문에 불행한 것 같아서 모르는 척했어. 레오한테 미안해서 그랬는데…… 많이 놀아줄걸. 엄마, 나쁜 사람들이 레오를 데려간 건 아니겠지? 으허엉."

지호가 서럽게 울었다. 나영 씨는 지호가 레오를 귀찮아한다고 생각했다. 그런데 그게 아니었다. 레오를 생각하며 혼자서 마음 아파했을 지호를 생각하자 나영 씨는 자신이 얼마나 어리석었는지 깨달았다. 지호는 눈이 퉁퉁 부을 때까지 레오를 찾으며 울었다.

"누구요?"

집 안을 기웃거리는 나영 씨의 모습이 이상했는지 지나가던 아저씨가 걸음을 멈추고 말을 걸었다.

"아. 저기, 여기 사시는 할머니를 뵈려고요."

나영 씨의 말에 아저씨는 머리에 쓴 밀짚모자를 벗으며 말했다.

"그 양반 작년에 돌아가셨어요. 연락을 못 받으셨나 보네요."

아저씨는 묻지도 않았는데 이런 저런 얘기를 털어놓았다. 나영 씨 귀에는 아무 말도 들리지 않았다.

"그러면 지금 여기 사는 분은?"

"원래부터 할머니만 사셨어요. 자식들은 전부 시내에서 살아요. 빈 집이에요."

레오는 어디로 갔을까? 나영 씨의 마음이 급해졌다. 그렇다고 이곳에 레오를 두고 갔다고 말할 수는 없었다. 그때 어디선가 개 짖는 소리가 들렸다. 나영 씨의 마음이 급해졌다.

"이 동네에 개가……."

"아우, 말도 말아요. 나쁜 사람들이 왜 그리 많은지 원. 내가 정말이지 마을 입구에 '개를 버리지 마세요.'라고 현수막을 달고 싶다니까요. 예쁘다고 키우다가 병들고 나이 들었다고 버리는 사람들 모조리 벌 받아야 해요. 여기 사람들 전부 자기 개 말고도 버려진 개 한두 마리씩 키우면서 살아요. 나도 털 알레르기 때문에 키우면 안 되는데 눈에 밟혀서 세 마리 키워요. 하는 짓 보면 웃기기도 하고. 흐흐흐."

아저씨는 생각만 해도 좋은지 너털웃음을 지었다. 나영 씨는 레오가 지금 만난 아저씨 집에 있었으면 좋겠다는 생각을 했다.

아저씨와 헤어진 나영 씨는 레오를 버릴 때처럼 혼자서 마을을 내려왔다. 보이는 집마다 레오가 있는지 살피느라 몸도 마음도 지쳤을 때 작은 털뭉치 두 개가 눈앞에 나타났다. 하얀색과 갈색 털이 반반 섞인 강아지였다. 자세히 보니 푸른빛이 도는 눈빛에, 코에 색소가 올라오는 아주 어린 새끼였다. 강아지를 집으로 돌려보내기 위해 나영 씨는 강아지를 안아 들고 강아지가 나온 집 쪽으로 고개를 돌렸다.

"헉!"

나영 씨는 신음을 삼켰다. 윤기가 흐르는 하얀 개가 도도한 표정을 지으며 나영 씨를 보고 있었다. 레오였다.

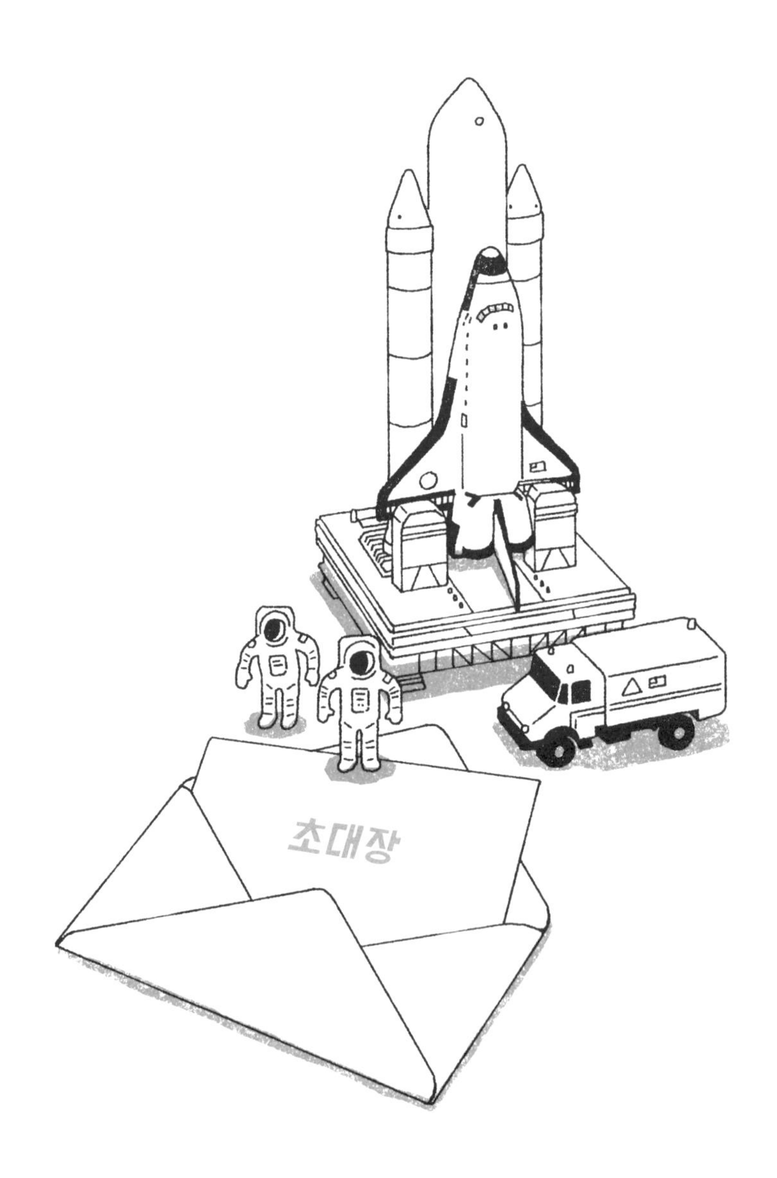
초대장

101 프로젝트

"말도 안 되는 소리라고 생각할지 모르지만…… 스피노자라는 철학자는 이런 말을 했다. '지구가 멸망하더라도 한 그루의 사과나무를 심겠다.'"

"지구가 안 망하니까 그딴 말을 한 거죠."

재호 말에 한주는 "그렇지, 옳소!" 하며 맞장구쳤다. 한주처럼 여기저기서 아이들이 재호 말에 무게를 실었다. 교실은 한순간에 시장처럼 시끌벅적해졌다. 김 선생은 버릇없이 끼어든 재호나 아이들의 말에도 고개를 끄덕이며 웃었다.

"그랬을 수도 있겠지. 하여튼 그 말은 진짜 사과나무를 심으라는 게 아니야. 다른 곳에 있는 사과나무 뽑아서 자기 집에 심고 그러지 말고."

아이들의 소리가 잠시 사라진 틈을 찾아 김 선생이 농담을 했다.

예전 같았으면 시시한 농담에도 아이들은 키득거리거나 꼬투리를 잡아 더 큰 웃음으로 만들었을 것이다. 하지만 지금은 누구도 웃지 않았다.

"최선을 다하라는 얘기다. 최선을 다해서 남은 시간…… 잘 보내고…… 우리 다시 만나자."

눈가가 벌겋게 변한 김 선생은 말을 마치자마자 교실 앞문을 활짝 열고 그 옆에 섰다. 앞문과 가까운 아이들이 차례로 나가서 김 선생과 악수를 했다. 아이들 사이에서 훌쩍이는 소리가 들렸다. 시도 때도 없이 김 선생한테 반항하고 대들던 윤수가 악수를 하면서 목을 놓고 꺼이꺼이 울었다. 김 선생은 윤수가 눈물을 멈출 때까지 안아 주며 등을 토닥였다.

"아오, 씨."

한주는 눈앞에 펼쳐진 광경이 못마땅했다. 천방지축 제멋대로에 사고뭉치였던 아이들조차 순한 양이 되었다. 줄 서 있는 아이들이 점점 줄어들더니 교실에는 한주밖에 남지 않았다. 한주는 손을 내밀고 있는 김 선생을 보며 입바람을 강하게 분 뒤 지나쳤다.

"한주야, 우리 인사하자."

"아, 닭살 돋게 그러지 말고 그냥 하던 대로 해요."

한주는 고개를 삐딱하게 기울이며 말했다. 그냥 악수만 하고 후딱 가자는 생각도 했지만 이제껏 김 선생과 한주 사이는 톰과 제리, 개와 닭만큼 사이가 안 좋았다. 갑자기 모든 걸 이해하고 사이좋은 척

하는 것도 웃겼다.

"김한주, 넌 최선을 다해서 뭐할 거야?"

한주의 뒤통수에 김 선생의 말이 꽂혔다. 이제껏 아이들한테 대하던 말투와 달랐다. 날이 선 말투였다. 속에서 뭔가가 불끈 치밀어 올랐다.

"아오, 씨! 끝까지 뭔 상관이야? 이럴 줄 알았으면 안 오는 건데."

한주는 교실 문을 뻥 하고 찼는데 그 울림이 조용한 학교에 퍼져나갔다. 복도에 서 있던 아이들의 눈이 한주한테 꽂혔지만, 한주는 인상을 한껏 구긴 채 앞으로만 향했다.

"끝까지……. 야, 김한주!"

복도에 있던 해민이가 한주 팔을 잡았다. 한주는 신경질적으로 해민의 손을 뿌리쳤다.

"왜에? 잘난 반장질 끝나니까 아쉽냐?"

"그래. 아쉬워 죽겠다. 선생님이 인사하자고 하시잖아. 근데 왜……."

똑 부러지게 할 말을 하던 해민이가 말을 제대로 끝맺지 못하는 것도 처음 있는 일이었다.

"넌 저 담탱이랑 이별하는 게 슬퍼 죽겠지만 난 아니라고. 좋아 죽겠다. 이렇게."

한주는 엉덩이를 실룩거리며 팔을 흔들었다. 하지만 예전 같았으면 또 빵 터졌을 웃음은 그 어디에도 없었다.

"야, 너 진짜, 너는……."

"더듬지 말고 제대로 말해? 내가 뭐?"

입술까지 깨물며 뭔가 참으려는 해민이 얼굴을 보니 속이 꼬였다.

"너는 마지막까지 최악이야. 이 새끼야!"

해민이의 작고 귀여운 입술에서 욕이 나오는 순간 한주는 자신도 모르게 오른손을 번쩍 들었다. 여자한테 손을 든 것은 처음이라서 어떻게 해야 할지 모르는 한주와 달리 해민이는 경멸이 담긴 눈빛으로 한주를 째려보았다. 지켜보던 아이들이 해민이를 보호하려는 듯이 모여들었다.

"우리 한주는 처음부터 끝까지 초지일관이네. 하하하. 꺾일지언정 무릎 꿇지는 않는다. 하하하!"

한주랑 친한 진우가 너스레를 떨며 한주와 아이들 사이에 끼어들었다. 진우는 갈 곳을 잃은 한주의 한쪽 손을 살며시 붙잡아 내렸다. 그제야 한주는 어둠 속에서 불빛을 찾은 것처럼 안심이 되었다. 진우는 한주가 사고를 칠 때마다 앞장서서 수습을 해주는 까닭에 '한주 집사'라는 뜻의 '한집'이라는 별명을 얻었다. 아이들이 한주와 진우를 엮어 비아냥거려도 진우는 웃음으로 넘기며 아이들과 한주 사이의 다리가 되어주었다. 지금까지 한주가 학교에 다닐 수 있었던 것도 진우 덕분이라고 할 수 있었다.

진우가 한주의 어깨를 툭툭 치며 계단 쪽으로 끌어당겼는데, 한주 눈에 웃는 입과 다르게 찡그린 진우 눈이 들어왔다.

"아, 새끼들 아주 사이좋다. 그래, 진작 이렇게 하지 그랬냐? 너희는 사과나무나 많이 심으세요."

한주는 고개를 돌려 다시 시비를 걸었다. 누가 자신을 때려준다면 아니 정신 차리지 못할 정도로 맞고 깨어나지 못해도 때린 사람을 미워하거나 원망하지 않을 자신이 있었다. 아이들은 한주가 눈에 보이지 않는 것처럼 자기들끼리 뭉쳐서 얘기하더니 하나둘 사라졌다. 김 선생은 씩씩대는 한주와 팔짱을 낀 채 벽에 비스듬히 기대고 있는 진우를 오래도록 바라봤다.

한주가 집에 와보니 아무도 없었다. 아버지는 회사에서 엄마는 연구소에서 일할 시간이었다.

"참, 대단하다, 대단해. 지구에 있는 김한주 리포터, 지금 지구는 누가 지키고 있나요? 에, 초능력을 가진 사람들은 아주 오래전에 살기 좋은 우주의 해피해피 행성으로 도망을 가고 지금 지구에는 별 볼 일 없는 사람들만 남아 있습니다. 그래서, 그러나, 그럼에도 개미처럼 일만 하는 사람들이 지구를 지키고 있습니다. 김한주 리포터는 그게 불만인가요? 글쎄요? 불만은……."

혼자서 말을 주고받던 한주는 뒷말을 삼켰다. 다른 집의 엄마 아빠들은 애들과 함께 여행을 간다든지, 골프를 치거나 영화 감상 등을 하며 시간을 보냈다. 하지만 한주의 아빠는 회사에서, 엄마는 연구소에서 일만 했다. 돈도 필요 없는 세상에서 일을 하는 아빠와 엄마가 한주는 이해되지 않았다. 물론 아빠와 엄마가 여행을 간다거나 영화를 보러간다고 해도 따라나설 마음은 없다. 아빠 엄마가 집에 있다고 해도 불만은 사라지지 않을 거다. 어쩌면 이런 마음을 아빠 엄마가 알고 있기 때문에 밖에 나가 일만 하는 것이 아닐까 하는 생각을 한 적도 있다.

한주는 지구가 멸망한다는 발표가 있은 뒤부터 학교에 가지 않았다. 어차피 가기 싫었던 학교였다. 대신 게임에 빠져 살았다. 평소와 다름없이 게임을 하던 어느 날이었다. 정신없이 총을 쏘고 온갖 종류의 폭탄을 터트리는데 기척이 느껴졌다.

"아오, 씨! 놀랐잖아!"

정말 놀랐다. 언제 들어왔는지 엄마와 아빠가 뒤에 서 있었다. "죽어! 이 새끼들!" 하면서 온갖 욕설을 퍼붓고 정신없이 마우스를 놀린 모습을 들킨 것이다.

1년 전 한주는 방문에 '절대 금지' 표시를 뜻하는 X자를 내걸고 방문을 잠갔다. 엄마의 애원 덕분에 문을 잠그지 않고 들어올 때는 한주의 허락을 받는 걸로 타협을 했다.

"정말 재미있었나 보네. 노크를 몇 번이나 했어. 아까 들어왔는데 알아차리지도 못하더라."

한주는 자신의 눈치를 살피며 변명하는 아빠 말에 짜증이 났다.

"너랑 할 얘기가 있어서 그러는데……."

"뭔데?"

엄마가 말끝을 흐리자 한주는 귀찮다는 듯이 대꾸했다. 이미 게임

속 캐릭터는 적이 쏜 총에 죽고 말았다.

"한주, 네 소원이 뭔지 알고 싶어서……."

한주는 엄마와 아빠가 좋은 부모 코스프레를 한다고 생각했다.

"내 소원이 뭔지 얘기하면 들어줄 거야?"

한주 말에 엄마와 아빠는 고개를 끄덕였다.

"컴퓨터랑 게임기. 새로 나온 거 있어. 그리고 나 그냥 내버려두는 거. 자고 싶을 때 자고, 먹고 싶을 때 먹을 테니까 간섭하지 마."

"한주야, 그건……."

"당신 그만해. 그게 네 소원이라면 그렇게 하마."

그냥 입에서 나오는 대로 지껄였는데 아빠가 그렇게 쉽게 들어줄 줄은 몰랐다.

"진작 내 소원 물어보지 그랬어? 내가 담배 피우고 술 마시고 싶다고 해도 들어줄 거야?"

"정말 그게 하고 싶니?"

아빠는 한주가 말하는 모든 걸 들어줄 것처럼 물었다. 아빠 반응에 한주는 풀이 꺾여 말을 멈췄다. 한주는 소원대로 최신형 컴퓨터와 게임기를 갖게 되었고 더는 식사 시간에 엄마 아빠와 밥을 먹지 않았다. 자연스럽게 엄마와 아빠 얼굴을 볼 일이 없어졌다. 거실에 있다가도 엄마나 아빠 기척이 들리면 방으로 들어갔다. 가끔 잘 때 누군가 들어오는 기척이 있었지만 한주는 눈을 뜨지 않았다.

엄마와 아빠는 정부의 발표 이후에도 일상이 변하지 않았다. 아침 먹고 회사에 가고 회사 갔다 오면 저녁 먹고 텔레비전을 보고. 휴일에는 집에 있지 않았다. 가끔 엄마가 함께 식사하자고 애원을 하고 아빠가 화를 내기도 했는데 그때마다 한주는 "내 소원이니까 그냥 내버려 둬."라는 만능열쇠를 꺼냈고 그 열쇠는 100퍼센트 먹혔다.

"진우, 이 새끼……. 아오!"

한주는 오늘 학교에서의 일이 생각나 짜증이 났다. 모든 게 진우 탓이었다. 오늘이 마지막 수업이라며 진우가 꾀지만 않았어도 학교에 가지 않았을 텐데.

한주는 찝찝한 마음을 털어내기 위해 방으로 들어갔다. 한쪽 벽면을 가득 채울 정도로 큰 모니터의 컴퓨터와 클래식 마니아들한테 최고로 꼽힌다는 스피커가 한주를 기다리고 있었다.

"오케이, 나는 오늘 최선을 다해서 게임을 하겠다고요."

전원 버튼을 누른 지 얼마 지나지 않아 한주는 게임에 빠져들었다.

먹고 자고 게임을 하고 먹고 자는 일상이 계속됐다. 가끔 진우와 피시방에서 만나 게임을 하기도 했다.

아침 느지막하게 일어난 한주는 진우에게 메시지를 보냈다.

ㄱㄱ ㅅㅇ

ㄴㄴ

세영 피시방에 만나자는 문자 메시지를 진우가 거절하자 마음이 상했다.

캠핑
헐 ㄹㅇ?
ㅇㅇ
핵노잼

더 이상 대답이 없었다. 진우까지 연락이 안 되자 한주는 더 연락할 사람이 없었다. 그러던 어느 날 진우가 연락도 없이 집으로 찾아왔다.

"올, 이 새끼 버로우 타더니."

엄마랑 아빠 얼굴을 슬쩍 보는 것 말고는 일주일 만에 처음 만나는 사람이었다.

"아오, 이 냄새는 뭐야?"

진우가 커튼을 걷자 방안에 햇볕이 들어왔고 창문을 열자 시원한 바람이 들어왔다.

"광합성 좀 해라 임마. 지구 날아가기 전에 죽겠다."

진우는 한주의 만류에도 방 안에 널브러져 있던 잡동사니들을 치운 뒤 청소를 했다. 한주도 어쩔 수 없이 함께 청소했다. 청소를 한 뒤 한결 깨끗해진 방에서 한주는 진우가 갖고 온 햄버거와 콜라를 먹으며 수다를 떨었다. 한주는 시답지 않은 얘기를 하고 같이 만화를 보며 시시덕거리는 시간이 좋았다.

"나 내일 떠나."

진우 말에 한주는 깜짝 놀랐다.

"어디로?"

"남쪽 해촌."

"거기가 어딘데?"

"아빠 고향이야. 아빠가 나랑 누나 학교 때문에 계속 여기 살았는데, 이제는 그곳에서 지내고 싶다고."

"그냥 혼자 가시라 그래. 네가 언제부터 효자였다고."

"그러니까. 이제껏 진짜 말 안 들었잖아. 그래서 지금부터라도 들으려고."

"야, 너 지금 완전 병맛이야. 그냥 하던 대로 해. 안 어울려!"

아버지 얘기라면 입에 거품을 물면서 욕을 하던 진우였다. 한주는 지금 진우의 모습이 이해가 안됐다.

"야, 이 새끼야!"

진우가 앉아 있던 의자에서 벌떡 일어나며 화를 냈다.

"너는, 친구라고 인사하러 왔는데. 왜 전부 장난처럼 말해? 넌 지금 이 상황이 거짓말 같냐? 그래서 맨날 게임이나 하면서 시간을 보내는 거야? 난 그래도 너 이해하려고 불쌍한 새끼 같아서……. 근데 넌 정말……."

씩씩거리던 진우가 등을 보이는 순간 한주는 붙잡고 싶었다. 진우가 생전 들어보지도 못한 곳으로 떠난다고 할 때 겁이 나고 버림 받는 기분이었다. 진우는 인터넷이 아니라 얼굴을 보고 말을 하는 유일한 친구였다.

"그래, 가라! 이 새끼야!"

한주는 진우가 사라진 현관문을 향해 소리를 질렀다. 진우가 활짝 웃으며 다시 돌아올까 봐 한주는 현관 앞에서 한참을 서 있었다. 하지만 진우는 돌아오지 않았다. 방으로 돌아온 한주는 커튼을 다시 치고 컴퓨터 전원을 켰다. 자신을 환영하는 곳은 게임 속뿐이었다.

며칠이 지났고 한주의 일상은 똑같았다.

"한주야, 한주야!"

"아, 왜에?"

한주는 이불을 뒤집어쓴 채 몸을 벽 쪽으로 돌렸다.

"너한테 편지가 왔는데……."

"아, 그냥 내버려둬. 이따 볼게."

엄마 한숨 소리가 들리고 방문을 닫는 소리가 들렸다. 한주는 이불을 내리고 침대 맡에 있는 하얀 봉투를 들었다. 받는 사람 이름에 분명 자신의 이름인 김한주라고 쓰여 있었고, 보낸 곳은 세계항공우주연구소였다. 봉투 안에는 녹색 초대장이 들어 있었다.

○○중학교 3학년 5반 김한주 군은

우주 '101 프로젝트' 참가자로 선정되었음을 알려드립니다.

– 세계항공우주연구소

달랑 두 줄이었고, 그 아래에는 일자와 장소가 적혀 있었는데 바로 오늘이었다.

"뭐야 이거?"

한주는 초대장을 구겨서 던졌다. 잠을 자려고 다시 침대에 드러누웠지만 잠이 오지 않았다. 한참을 뒤척이던 한주는 구겨진 초대장을 펼쳐 들고 인터넷으로 검색을 해봤다. 아무리 검색을 해도 세계항공우주연구소라는 곳은 나오지 않았다.

네 시간 뒤 한주는 초대장에 적힌 세계항공우주연구소가 있는 원희동 7길 3에 도착했다. 누가 자신을 알고 초대했는지 궁금하지 않았다. 그저 유령 단체임이 분명한 세계항공우주연구소에서 무료한 시간을 보낼 생각이었다. 커다란 철문 오른쪽에 경비실이 있었다.

"어떻게 왔습니까?"

"저, 여기 오라고 해서."

모자, 옷, 신발, 선글라스까지 검은색 외에는 어떤 색도 용납하지 않은 경비원은 텔레비전이나 영화의 특수부대 요원처럼 보였다. 선글라스를 꼈지만 날카로운 눈빛이 자신을 스캔하는 것 같아 한주는 몸을 곧추세웠다. 오는 동안 심드렁했는데 경비원을 보는 순간 긴장이 됐다.

"초대장은 갖고 오셨습니까?"

"여, 여기요."

한주가 바지 호주머니에서 초대장을 꺼내자 경비원은 들고 있던 무전기로 연락을 했다. 얼마 지나지 않아 WARI라고 적힌 회색 점프슈트를 입은 사람이 나와서 한주의 초대장을 다시 한번 확인한 뒤 커다란 강당으로 안내했다. 한주는 31번 김한주라고 적힌 이름표를 목에 걸었다. 강당에는 100여 명의 중고등학생들이 있었다. 한주는 빈 자리에 가서 앉았다.

"그래, 내가 이럴 줄 알았어. 우주 개발을 해서 우주 도시를 세우고 우주 여행을 하네 마네 하는데 인류가 멸망한다는 게 말이 되냐고. 그러면 이 프로젝트가 우리를 우주로 보내는 거야? 예전에 아이들만 우주로 여행하는 영화가 있었는데, 내가 영화 속 주인공이 되다니. 근데 나는 왜 뽑혔지? 히잇, 할 줄 아는 게 노는 것밖에 없는데."

한주는 주변 사람들의 말을 들으며 자신이 받은 초대장이 보통 초대장이 아니라는 것을 깨달았다. 한주 역시 이런 기회가 왜 자기한테 왔는지 이해가 안 됐다.

강당 오른쪽에서 사람이 나타났다. 머리가 하얗고 금테 안경을 끼고 있었는데 한눈에 봐도 높은 사람처럼 보였다.

"안녕하십니까? 저는 세계항공우주연구소 한국 지부소장 서정원입니다. 여러분은 우주 '101 프로젝트' 수행을 위해 선발되었습니다. 지금부터 101 프로젝트가 무엇인지 알려 드리겠습니다."

소장이 손에 든 리모컨을 누르자 강당의 불빛이 꺼지고 전면에 커다란 스크린이 나타났다. 그리고 스크린에 우주 101 프로젝트라는 글자가 떠올랐다.

우주에 있는 크고 작은 행성과 혜성들이 나타났고 커다란 혜성이 빠른 속도로 날아와 지구와 부딪히는 장면이 나왔다. 한주는 충돌로 튕겨 나온 파편들이 자신에게 날아오는 것 같아 몸을 움츠렸다.

혜성과 부딪힌 지구는 SF 영화에서 보는 모습과 다르지 않았다. 거대한 열 폭풍과 해일이 덮쳤다. 지구가 암흑으로 변하는 순간 작은 빛이 나타나더니 점점 커졌다. 자세히 보니 배처럼 생긴 우주선이었다. 카메라가 우주선 안을 비추었는데, 하나의 도시였다. 땅도 있고 건물도 있고 사람도 보였다. 영상이 끝나자 스크린이 꺼지고 강당에 다시 불이 들어왔다.

"지구를 향해 날아오는 혜성을 막기 위해 전 세계 과학자들은 모든 방법을 시도해봤습니다. 알다시피 핵폭탄으로 혜성을 터트리는 방법이나 궤도를 수정하는 방법 모두 실패를 했어요. 인간이 살 수 있는 물, 공기, 온도가 적정한 행성은 지금까지 발견되지 않았고, 전 세계 모든 나라에서는 공식적으로 어떤 생명체도 지구 밖으로 보내지 않겠다고 밝혔습니다. 하지만 우리 세계항공우주연구소는 약 320만년 전에 오스트랄로피테쿠스 아파렌시스가 나타난 이래로 계속 진화해온 인류를 포기할 수 없었습니다. 그래서 인간이 살 수 있는 환경의 행성을 발견할 수 있는 전문 인력 100명과 정치, 경제, 문화 등 사회 각 분야의 전문가 100명, 청소년 100명을 선발해서 우주로 보내기로 결정했습니다."

"오 마이 갓!"

"유후!"

"만세, 만세, 대한민국 만만세!"

여기저기서 환호성과 장난스러운 말, 박수가 터져 나왔다.

"역시, 인간은 만물의 영장이야. 휴대전화로 모든 걸 다하는 시대에 그냥 기다리면서 죽는 건 말이 안 되지. 31번, 그렇지 않냐?"

한주 옆에서 휘파람 소리를 크게 내던 75번이 한주 어깨를 장난스럽게 쳤다. 한눈에 봐도 사고 꽤나 치는 불량 고등학생으로 보였다. 한주는 인간이 만물의 영장이라는 75번 말에 코웃음을 치고 싶었지만 맞장구를 쳤다.

"저어…… 그런데 어떤 기준으로 선발되었나요?"

보라색 머리의 여자가 손을 들고 물었다.

"전문 인력 100명과 사회 각 분야 전문가 100명을 제외한 13세 이상 18세 미만의 청소년들을 대상으로 하여 컴퓨터로 추첨했습니다. 복불복인 셈이죠."

소장의 대답에 여기저기서 손을 들고 질문하는 사람이 쏟아졌다.

'우주선에서 몇 년 동안 버틸 수 있느냐', '행성을 발견하지 못하면 어떻게 되느냐', '밥은 어쩌느냐', '샤워는 어떻게 하느냐' 등의 질문이 나왔다.

"시뮬레이션 결과, 지구는 9월 30일 혜성과 충돌합니다. 혜성과 충돌하기 전 지구 밖으로 나간 여러분한테는 1년을 더 살 수 있는 시간이 주어지고 그 이후는 아무도 모릅니다. 우주선 안에 컴퓨터실도 있고 도서관, 헬스장, 작은 운동장도 있어요. 시설들의 크기가 작다는 것과 진공 포장된 식사를 한다는 것 말고는 지금 여러분이 즐기는 일상생활과 별로 다르지 않을 겁니다."

"개인용 컴퓨터 줘요?"

대부분이 궁금해하는 표정을 지었다. 한주에게도 가장 중요한 문제였다.

"모든 사람에게 휴대용 컴퓨터 단말기가 제공됩니다. 하지만 거기서 보는 모든 자료는 공공기관이 근무하는 9월 23일까지만 업데이트됩니다. 즉 현재의 뉴스가 아니라 과거의 뉴스와 정보만 본다고 생각하면 됩니다."

한주는 개인용 컴퓨터를 준다는 말에 안심했다. 게임을 계속할 수 있다는 얘기니까. 게임은 지금까지 나온 것만으로도 충분하니까 굳이 업데이트할 필요도 없다. 소장은 보안을 철저히 해달라는 당부를 하며 다음 모임의 시간을 알려줬다. 또 지금 시간 이후에 한 권의 책을 읽고 그 책의 독후감을 써서 이메일로 제출하라고 했다.

"왜 그딴 걸 써요?"

"외계인이랑 싸우는 훈련 같은 거 안 해요?"

몇몇이 나서서 투덜댔고 대부분의 사람이 "맞아요."라며 거들었다.

"독후감을 제출하기 싫은 분은 제출하지 않아도 됩니다. 대신 여러분의 자리는 다른 사람으로 대체될 겁니다."

소장의 말 한마디는 조금 전까지 제멋대로였던 청소년들을 고분고분하게 만들었다. 100명의 사람은 열 개의 조로 나누어졌는데, 한주는 5조가 되었다. 5조에는 한주 옆자리에 앉았던 고등학생도 있었다. 세계항공우주연구소를 나오고 나서야 한주는 자신을 비롯한 모든 사람이 하지 않았던 질문을 떠올렸다.

'가족과 함께 갈 수 있나요?'

한주는 그 질문을 하지 않은 까닭이 대답을 알고 있어서였는지, 아니면 안 된다는 얘기를 듣고 싶지 않아서였는지, 다른 까닭이 있었는지 알 수 없었다.

며칠 뒤, 독후감 제출 마감 시간이 다가오고 있었다. 인터넷으로 독후감을 검색해 베껴 쓰고 싶은 생각도 들었지만 조장인 정연희 연구원을 떠올리고 이내 포기했다.

"이것 역시 훈련의 한 과정이라고 생각하세요. 혹시나 해서 말인데 여기서는 거짓말이 안 통합니다. 타인이 쓴 글을 베껴 써내고 그게 발각될 경우 두 번 다시 기회는 없어요. 설마라고요? 최고의 우주선을 만든 기술력인데 그깟 다른 사람의 글을 베끼고 거짓말하는 사람 못 찾아내겠어요? 여러분이 우리 프로젝트를 받아들이는 순간부터 여러분은 우리의 요구를 성실하게 수행할 의무가 있어요. 여러분은 누구나 간절히 원하는 기회를 잡았어요. 그 기회를 소중히 생각하고 최선을 다하세요."

최선을 다하라는 연구원의 말에 담임선생님이 생각났다. 담임선생님은 자신이 필요할 때 언제든지 전화를 하라고 했다. SNS를 보면 떠돌아다니는 강아지와 고양이에게 먹이를 주면서 하루를 보내고 있었다. 담임선생님도, 진우도 보고 싶었다. 한주는 그런 생각을 하는 자신이 못마땅했다.

자기 방에만 머물던 한주는 오랜만에 서재에 들어갔다. 책장에서 눈에 익은 그림책 한 권을 꺼내 들었다. 귀엽게 생긴 꼬마가 정거장에서 일하러 간 엄마를 기다리는 그림책이었다. 그림이 예쁘고 마지막에 엄마랑 손을 잡고 가는 아이 모습이 좋아서 몇 번이고 반복해서 보던 책이었다. 책을 들고 나오다가 책상 위에 있는 가족사진과 눈이 마주쳤다. 지금과 다르게 모두가 웃고 있는 사진이었다. 액자를 들고 한참을 보던 한주는 액자를 엎어놓고 나갔다가 다시 돌아와 액자를 세웠다.

2차 모임에는 각 조원끼리 모여서 자신이 낸 독후감을 발표하는 시간을 가졌다. 대부분 내키지 않았지만 용감하게 싫다고 말하는 사람은 없었다.

"제가 먼저 할게요. 제가 읽은 책은 《5분 후에》라는 책입니다."

모두가 머뭇거리자 조장이 먼저 나서서 발표를 했다. 지금 자신의 선택이 5분 뒤 자신의 삶을 변화시킨다는 뻔한 내용의 이야기였다. 재미는 없었지만 딱딱한 분위기가 조금은 부드러워졌다. 이순신 장군의 전기를 발표한 사람도 있었고 우주 전쟁을 벌이는 SF 만화를 읽고 발표한 사람도 있었다.

"저는 《소나기》요."

"황순원 작가의 《소나기》?"

75번 말에 조장이 물었다.

"네."

75번이 어깨를 으쓱거리자 3번이 까르르 웃었고 몇몇 사람들도 웃었다. 조장이 검지를 입에 갖다 대자 순식간에 조용해졌다.

"음, 저는 《소나기》가 《로미오와 줄리엣》보다 명작이라고 생각합니다. 서로 좋아하면서도 표현을 못 하는 게…… 좀, 아니 멍청한 것 같으면서도 순수하고……."

중간 중간 욕이나 바르지 않은 표현이 나올 때면 조장이 지적했다. 짜증을 내던 75번도 어느 순간 순순히 받아들였고 장난스러운 표정을 짓던 사람들도 75번 말에 귀를 기울였다. 발표가 끝나자 큰 박수가 나왔다.

"와, 나 이런 거 처음이야, 처음."

75번이 호들갑을 떨자 몇 명은 책상을 두드리며 웃었다. 한주는 마지막으로 발표했다.

"그림책인데요, 《엄마 마중》이라고……."

"아, 나 그거 알아. 내 동생이 좋아한 책이야."

3번이 한주를 향해 활짝 웃는 순간 3번과 닮은 얼굴을 떠올린 한주는 몇 번이나 눈을 깜박였다. 한주는 더듬더듬 내용을 이야기했고 그림이 아주 예쁘다고 덧붙였다. 한주의 발표가 끝나자 조장은 커다란 수납장 안에서 10권의 책을 꺼냈다.

"이 중에서 안 읽은 책을 골라 다음 시간에 발표 준비를 해 오세요."

사람들은 순순히 자신이 좋아하는 책을 골랐다. 한주는 101 프로젝트가 우주에서 살아남는 프로젝트가 아니라 좋은 책을 읽는 독서 모임 같다는 생각이 들었다.

"지금 책을 읽을 게 아니라 우주에서 사는 데 필요한 기술을 배워야 하지 않아요?"

"맞아요. 혹시 우주의 괴생명체가 우주선을 침략하면 어떡해요? 우리도 싸워야 하잖아요."

81번 말에 33번이 거들었다. 한주뿐 아니라 조원 모두 같은 생각이었다. 조원 모두 조장의 얼굴을 빤히 쳐다보고 있는데 조장이 피식 웃었다.

"그런 일은 전문 인력이 합니다. 여러분이 할 일은 책을 읽는 것입니다."

조장이 손에 든 책을 살랑살랑 흔들었다.

'우리는 최고의 전문가야. 말도 안 되는 소리 하지 말고 우리를 믿고 하라는 대로 해.'라는 것 같아 한주도, 다른 사람들도 더는 의문을 품지 않았다.

벌써 한 달하고 보름이 지났다. 오늘은 조별 모임이 아니라 처음처럼 100명의 사람이 강당에 다시 모였다.

"오늘이 공식적인 마지막 훈련 날입니다. 오늘은 여러분도 알다시피 모든 공공기관과 운송수단이 마지막으로 운영되는 날입니다. 여러분은 오늘 이곳에서 우주연구소 숙소로 가게 됩니다."

소장의 말에 사람들이 크게 술렁거렸다.

"마지막 날에 모이면 되잖아요."

"맞아요, 지구와 혜성이 9월 30일에 쾅 하니까 9월 29일에 모이면 되잖아요?"

누군가 떨리는 목소리로 물었다.

"그렇게 할 경우 여러 가지 문제가 있습니다. 무엇보다 101 프로젝트의 보안이 유지되기도 힘들고 그럴 경우 큰 혼란이 올 수 있습니다. 너도나도 이 프로젝트에 참가하겠다고 하면 프로젝트 자체가 무산될 수 있습니다."

한주는 소장의 말을 쉽게 이해할 수 있었다. 외계인이 침략했거나 전쟁을 피해 차나 비행기, 배, 우주선 등을 타려고 하면 수많이 사람이 좀비 떼처럼 몰려들면서 출발도 못 하고 대부분의 사람은 죽는다. 주인공만 빼고 말이다.

"엄마한테 얘기 안 했단 말이에요."

"나도요."

"아, 그건 걱정하지 마세요. 오늘 여러분이 할 일은 사랑하는 가족에게 편지를 쓰는 겁니다. 연구소에서는 여러분이 쓴 글을 가족들에게 전달하면서 여러분이 101 프로젝트에 선정된 것을 알릴 거예요. 가족들은 여러분이 이런 기회를 잡은 것을 다행이라고 생각하고 프로젝트에 관해 이야기 안 한 것도 이해해주겠죠. 가족이니까요. 지금 가족들에게 하고 싶은 말을 적으세요."

조장들이 볼펜과 종이를 사람들에게 나눠줬다. 종이를 받자마자 급하게 쓰는 사람도 있었지만 시간이 지나도 아무것도 못쓰는 사람도 있었다.

"근데요, 1년 동안 지낼 수 있다고 했잖아요. 그동안에 사람이 살 수 있는 행성을 발견하지 못하면요?"

누군가가 물었다. 모두 쓰는 것을 멈추고 소장을 바라봤다. 한주는 첫날에 똑같은 질문을 한 사람이 있었고 그에 대한 소장의 대답도 기억이 났다.

"그런 일이…… 없기를 바랍니다."

사람들 사이에서 깊은 한숨 소리가 흘러나왔다. 욕설도 장난스러운 대꾸도 없었다. 사람들은 조금씩 마음을 추스르고 종이에 뭔가를 적기 시작했다. 한주는 엄마 아빠를 떠올렸다. 예전의 모습만 떠오를 뿐 엄마와 아빠의 요즘 얼굴이 기억나지 않았다.

엄마 아빠. 나는 기회를 잡았어.

한주는 쓴 글이 마음에 들지 않아 볼펜으로 죽죽 그었다. 한참을 생각하다가 한주는 깨끗한 종이에 다시 쓰기 시작했다.

엄마 아빠. 나는 떠나.

101 프로젝트에 선발되었대. 웃기지? 평소에 재수가 정말 없는 애라고 생각했는데 다른 사람은 다 죽어도 나는 살게 됐어.

엄마 아빠는 지금 기쁘지? 은재는 죽었지만…… 나는 살게 됐으니까. 엄마 아빠가 미웠고 세상의 모든 어른들도 미웠어.

1년 전 유치원의 문화 행사에 간 은재는 집으로 돌아오지 못했다. 친구들과 마술 공연을 구경하던 은재는 공연장의 천장이 무너지면서 죽었다. 100명이 넘는 아이들이 다치고 은재와 함께 7명의 아이가 죽은 대형 사고였다.

한주는 자신의 허리에도 못 미치는 은재의 작고 말랑말랑한 몸이 건물에 깔리는데도 웃고 있는 자신의 환영을 계속해서 봤다. 은재랑 함께 공연장에 간 엄마가 미웠고 잘 다녀오라고 한 아빠가 미웠다. 천장을 튼튼하게 짓지 못한 건설 회사가 미웠고 그 장소로 아이들을 데리고 간 유치원 원장이 미웠다. 그리고 아이들을 빨리 대피시키지 못한 은재 반 담당 선생이 미웠다. 병원에서 카메라를 들고 이섯서섯 묻던 기자도 하얀 국화 화환을 보낸 국회의원도…… 누구 하나 밉지 않은 사람이 없었다. 그래서 게임을 했다. 총을 들고 정신없이 쏘아대다 보면 무거운 건물 더미에 깔린 은재 생각을 조금은 잊을 수 있었다. 한주는 다시 글을 쓰기 시작했다.

엄마가 화장실에서 울고 있어서 화장실에 못 간 적도 많아. 아빠는 집에 들어오기 전에 놀이터에 한참을 앉아 있어. 은재한테 미안하고 슬퍼서 그러는 거 아는데…… 그래도 미웠어. 그리고 엄마 아빠뿐만 아니라 나도 밉고…….

한주는 더 쓸 수가 없었다. 자신도 모르게 눈물이 맺혀 앞이 보이지 않았다. 얼른 눈물을 닦은 한주는 가슴에서 튀어나오려는 슬픔과 분노가 가라앉을 때까지 가만히 있었다.

정부의 발표가 났을 때 한주는 미친 사람처럼 박수를 치며 낄낄거렸다. 고소하기만 했다. 은재가 죽고 나서 하루에도 몇 번씩 세상이 망하라고 한 자신의 저주를 신이 들어준 것 같아 고마웠다. 그런데 시간이 지나면서 화가 나고 이건 아니라는 생각이 들었다. 무엇보다 죽음이 뭔지도 모르는 은재 같은 아이들을 볼 때면 울컥했다.

한참이 지나 주위를 둘러보던 한주는 자신만 덩그러니 앉아 있는 사실을 깨달았다. 한주는 앞에 놓인 종이를 구겨버렸다. 종이에 마지막 말을 하느니 엄마 아빠한테 직접 하고 싶었다. 은재가 죽은 지 1년이 지난 지금도 엄마와 아빠는 휴일이 되면 '진실을 알고 싶습니다!'라는 피켓을 들고 거리에 선다. 무엇을 해야 할 것인지 여전히 잘 모르겠지만 한주는 엄마 아빠와 함께 있고 싶었다. 한주는 자리에서 일어나 밖으로 나갔다. 그리고 집으로 달렸다.

사람들이 하나둘씩 자리를 떠났다. 모두 나간 텅 빈 강당 안에 소장과 각 조의 조장들이 하나둘 모여들었다.

"모두 인사!"

소장의 말에 조장들이 일렬로 나란히 서서 손을 잡고 빈 자리를 향해 허리를 굽혀 인사를 했다.

세계항공우주연구소는 세상에 존재하지 않는다. 세계항공우주연구소 소장과 조장들은 배우들이었다. 이들은 지구 멸망 발표 뒤 마음이 아픈 청소년을 위한 특별한 공연을 기획했는데, 101 프로젝트가 바로 그것이었다. 101 프로젝트는 20여 년 전, 10월 1일에 배우들이 만든 극단의 이름이었다.

"20주년 기념 공연을 하느라 고생했어. 우리의 최고의 공연이었던 것 같아."

세계항공우주연구소 소장 역할을 한 늙은 배우의 장난스러운 말에 배우들과 스태프 모두 눈시울이 벌겋게 변했다. 모두의 귀에는 어느 때보다 큰 함성 소리와 박수 소리가 들렸다.

세상 끝의 일주일

3시, 약속 장소에는 수정이만 와 있었다. 어깨에 못 미치는 단발과 무테 안경, 무채색 셔츠와 카디건까지……. 키가 조금 커지고 얼굴 윤곽이 또렷해진 것 말고는 중학교 때 모습과 별반 다르지 않았다.

"왔어?"

"응."

수정이가 인사를 받는 둥 마는 둥 하며 삼각대 위의 카메라를 만지작거렸다.

"카메라랑 노트북은 뭐야?"

"방송하려고."

"뭐?"

"나 유튜브 방송하잖아."

"네가?"

다른 애들이 유튜버를 한다면 웃고 넘길 수 있지만 수정이가 유튜버를 한다는 말은 의외였다. 수정이는 말을 하기보다 듣는 것을 잘하는 아이였다. 모두가 나서서 말을 하고 나면 마지막에 조용히 나서서 정리하는 그런 스타일 말이다.

"정말 세상이 망하기는 망하나 보다. 네가 그런 걸 하고. 먹방, 쿡방, 게임방? 아니면 시험 잘 보는 법 그런 거?"

"그냥 내 마음대로 하고 싶은 거 해. 수다도 떨고 요리도 하고 인형 만들기도 하고. 전화 통화도 하고 실시간 채팅도 해. 어제는 죽기 전에 먹어야 할 과자가 주제였지."

"크큭, 재밌었겠다. 뭐였는데?"

"초코 봉봉. 완전 칼로리 폭탄이지만 시험을 칠 때마다 엄청나게 먹었어. 시험 치고 나면 몸무게가 최소 2킬로그램은 늘었다니까. 초코 봉봉 얘기하니까 초코 봉봉 먹고 싶네."

수정이는 방송을 하면서 말도 많이 늘은 것 같았다.

"이건 뭐냐?"

조그마한 마이크 옆에 있는 깜찍한 사각형 기구를 가리켰다.

"LED 조명. 이렇게 켜면 얼굴이 뽀샤시하게 보여."

아래 버튼을 누르자 조명이 환하게 들어왔다.

"안녕, 친구들. 오늘도 해피해피한 크리스털이얌. 오늘은 야외에서 보내는 친구들이 많을 것 같은데 나도 야외로 나왔어. 혹시나 방송을 듣는다면 신청곡이나 사연 보내줘. 나 혼자만 떠들면 재미없잖아.

다 함께 고고씽!"

놀라서 절로 입이 벌어졌다. 수정이는 쑥스러웠는지 노트북을 만지작거리며 딴청을 피웠다.

"에이, 요! 이게 무슨 시추에이션? 생각 많은 대갈장군 김 군. 겉은 콜드, 속은 핫한 정 양. 헤이, 김 군 앤드 정 양. 혹시 내가 방해했나요? 당신들의 썸을 방해했나요? 오랜만이지만 그냥 갈까요?"

라임도 안 맞는 엉터리 랩이 들렸다. 상우가 문 앞에서 팔을 흔들고 있었다.

"짜샤, 그냥 들어와. 이미 방해했어."

"그러게."

상우가 '킹 오브 더 랩'이라는 오디션 프로그램 나갔던 기억이 떠올랐다.

"어어, 이것들 정말 수상해. 노골적으로 이러지 마시게. 난 아직도 나의 그녀를 기다리는데. 쌤 이것들이 하라는 공부, 아니지 여튼 하라는 것은 안 하고 연애질이네요!"

상우가 양손을 입에 대고 고자질하는 시늉을 하자 나도 수정이도 웃었다.

"오, 크리스털 방송 장비 챙겨왔네?"

"넌 알고 있었냐?"

"유튜브의 수지, 크리스털을 모르다니 쯧쯧. 크리스털, 내 동생이 네 팬이야."

"너는 아니고?"

"나야. 만날 게임 방송이나 보지 뭐. 대신 동생한테 하트 날리라고 부탁하지."

수정이와 상우가 얘기를 나누는 동안 유리와 민규가 나란히 들어왔다. 민규는 그동안 머리카락을 한 번도 안 잘랐는지 머리칼이 어깨까지 내려와 있었고 유리는 아주 짧은 커트 스타일이다. 뒤에서 본다면 누가 남자인지 여자인지 구별이 안 갈 정도다.

"아직도 안 깨졌어? 유리야, 다른 애 사귀어라. 내 친구긴 하지만 이제 저 자식 지루하지 않냐?"

상우 말에 유리가 가운뎃손가락을 들어 올렸고 상우가 가슴을 부여잡으며 비틀거렸다. 그러거나 말거나 우리는 서로 안부를 나눴다. 문을 활짝 열어놓고 기다렸지만 더는 오는 사람이 없었다. 나까지 포함해서 5명, 서운하지도 섭섭하지도 않았다.

"우리 함께 방송하자. 그냥 편하게 수다 떨면 돼. 싫다면 가만히 앉아 있어도 되고."

"난 안 해. 아니 못 해, 그런 거."

"어쩜 너는 내 예상을 안 벗어난다. 그렇게 말할 줄 알았어. 안 해도 상관없고."

내 말에 수정이는 섭섭할 정도로 심드렁하게 반응했다. 유리는 가방에서 거울과 화장품 도구들을 꺼냈고 상우는 입으로 이상한 비트 소리를 내며 몸을 흔들었다. 나와 눈이 마주친 민규가 내 옆으로 왔다.

"짜샤, 그냥 앉아 있으면 되는데 뭐가 그리 복잡해? 어차피 우리가 옷 벗고 난리를 쳐도 뭐라고 하거나 기억할 사람도 없어."

"그런데 왜 해?"

민규가 내 말에 입을 쭉 내밀고는 고개를 갸웃거렸다.

"그냥. 살면서 이제껏 그냥 한 일이 얼마나 많은데 지금 와서 이유를 따지냐? 얌마, 얼마 남지도 않은 인생 그냥 자유롭게 편한 대로 사는 거지."

"현수는 카메라가 잘 돌아가는지 점검해줘. 나 잡을 때 예쁘게 잡아주고, 알았지?"

나는 피디 겸 카메라 맨이 되었다. 작은 테이블을 중심으로 수정이, 유리가 앉고 양옆으로 상우와 민규가 앉았다. 카메라 앵글을 통해서 보는 얼굴들이 새로웠다.

"김 피디, 사인 해. 언제까지 기다리게 할 거냐?"

"쟤 쫄았다."

"유리야, 넌 말 좀 가려 해. 입 열면 좀 없어 보여."

"너 죽을래?"

"난 그냥 가만히 앉아 있을 거야."

네 명의 입이 정신없이 움직였다.

"주목!"

내 말에 네 명의 말과 동작이 정지된 화면처럼 멈췄다.

"자, 우리 김 피디한테 주목하자. 주목!"

상우 말에 모두가 나를 바라봤다. 친구들의 눈빛이 반짝이는 모습을 보자 기대감이 들었다.

"그럼 시작할게. 혜성 V와 지구가 헤딩하기 디 데이, 마이너스 7일. 제목은, 그냥. 다섯, 넷, 셋, 둘, 하나, 큐!"

수정: 안녕, 친구들. 크리스털이야. 친구들은 오늘 어디 있어? 나는 보시다시피 이곳에, 중학교 때 교실에 왔어. 여기 올 때 버스를 타고 왔어. 버스 타면 앞좌석의 등받이가 있잖아. 등받이에 낙서를 엄청 했어. 좋은 말도 하고 욕도 쓰고 크크크. 그냥 그랬다고. 오늘은 나 혼자가 아니라 네 명의 친구가 함께해. 한 명은 저기 카메라를 지키고 있어. 카메라 맨, 인사해.

나도 모르게 수정이가 시키는 대로 카메라를 아래위로 흔들며 인사했다.

수정: 방송 보는 친구들한테 미안. 오늘은 이 친구들과 함께 하느라 채팅창을 보면서 수다는 못 떨어. 재미없으면 나가도 돼. 친구들, 자신을 소개하시라.

유리: 난 귀여미 우엑, 쏘리. 그냥 볼매 언니나 누나로 콘셉트를 잡을게.

유리가 옆에 앉은 민규를 검지로 쿡쿡 찔렀다.

민규: 난 얘 남친.

민규의 말에 유리가 활짝 웃으며 민규의 어깨에 머리를 기댔다.

상우: 헤이 요, 걸스 앤드 보이즈, 렛미 인트로듀스 마이 셀프, 아엠 어 스마트, 인텔리전트, 핸섬, 델리케이트.
유리: 스탑, 델리케이트가 뭐야?
상우: 섬세한, 영어로 디. 이. 엘…….
유리: 됐어, 그런 것 알고 싶지 않아.
상우: 델리케이트.
유리: 고마해. 지구를 구할 슈퍼 히어로가 아닌 다음에야 네 소개에 관심 있는 사람은 없어.
상우: 아엠 어 비비비 빅 보이, 키는 쇼트, 벗 마인드 이즈 비이익, 빅! 빅 보이!

상우가 자리에서 일어나 양팔로 큰 동그라미를 그렸다. 그러자 화면에 사람들의 글이 올라왔다.

쭈니럽: ㅋㅋㅋㅋㅋㅋㅋ 미친~
크리스털짱: 오늘 콘셉트 개그임?
청순호박: ㅋㅋ 빅 뽀이 넘나 내 스타일이씸.
항균티슈: 키 작은 게 네 잘못은 아니다. 파이팅!

[하트 30개 선물]

다람다랑: 악 이거 머예여?
존레논: 이거 언제까지 함?

수정: 오늘은 그냥 친구들이랑 편하게 수다 떨어보려고. 듣는 것도 자유, 나가는 것도 자유. 여러분은 선택권이 있어. 그럼 시작해 볼까?

수정이 말이 끝나자 서로 눈치를 봤다. 침묵의 시간이 길어졌다. 난 검지로 수정이를 가리켰지만 수정이는 빙긋 웃으며 모른 체했다.

상우: 수정, 아니 크리스털, 왜 아무 말도 안 해? 네 방송이잖아. 네가 진행해.
수정: 오늘은 크리스털 방송이 아니라 우리 다섯 명의 방송인데? 그냥 평소에 하고 싶었던 말을 하라니까.

유리: 난 자유 주제 이런 거 싫어. 획일화된 교육 때문에 내 머리가 굳었어. 그냥 주제를 정해줘.

상우: 주제를 정하면 그 주제에 관한 얘기는 할 수 있고? 유럽의 난민 정책에 대해 얘기해봐. 아니 너무 거창하니까 그냥 트럼프가 앞으로 어떻게 될지, 우리나라에 어떤 영향을 줄지 얘기해볼까?

유리: 아 윌 킬유.

민규: 아 윌 킬유 투.

수정: 빅 보이, 네가 말한 주제의 의미는 알고 있어?

상우: 알기는 개뿔. 그냥 입에서 나오는 대로 시부려…… 아니 말해본 거지.

유리: 으하하하, 그럴 줄 알았어.

민규: 나도.

상우: 크리스털, 그냥 아무거나 얘기해도 된다고 했지?

수정이 고개를 끄덕였다.

상우: 나는 우리의 역사에 대해 얘기하고 싶어.

민규: 얌마, 미쳤냐?

수정: 휴우.

유리: 단군 할아버지부터 시작하려고? 그래 오랜만에 곰이랑 호랑

이랑 마늘 이야기 듣지 뭐. 네 멋대로 해라, 까짓것!

상우: 나의 삶이 역사지 뭐. 별거 있냐? 예전에 어떤 연예인이 자기가 옛날에 살았던 집을 찾아가는 텔레비전 프로그램을 봤어. 나도 나중에 어른이 되면 그렇게 해야지 생각을 했거든. 근데 어른이 되기는 틀렸고. 그래서 내가 태어났던 병원, 초등학교, 어렸을 때 살았던 집을 찾아다녔어. 여기 오기 전에는 초등학교 때 살았던 집을 찾아갔어. 버스를 타고 한 시간도 안 걸리는 거리였지.

수정: 나는 케이티엑스 타고, 버스 타고 가면 다섯 시간도 더 걸리는데.

상우: 시간이 정지한 것처럼 기억 속의 모습이 고대로 남아 있더라. 동네 어귀에 커다란 나무랑 작은 가게가 있고 비슷비슷한 집들이 모여 있었어. 골목길을 따라 걸어 올라가는데 계단 사이사이에 꽃이 피어 있고 나비와 새가 날아다니더라. 순간 과거로 돌아간 것 같았어.

유리: 오올, 죽이는데!

상우: 예전에 놀던 친구들이 그 집에 그대로 살고 있을 것 같은 기분이 들더라. 계단을 올라가는데 소리가 들리는 거야. "상우야!" 하는.

민규: 너랑 닮은 애가 있었어?

아이들 모두 상우의 입에 시선을 고정하고 있었다.

상우: 쏘리, 농담입니다.

유리와 민규가 거침없이 욕을 쏟아냈고 수정이는 깔깔거렸다.

상우: 애들이 놀면서 재잘거리는 소리였어. 난 원래 애들 싫어하거든. 근데 떠드는 소리가 너무 좋은 거야. 애들이 계단에 앉아서 카드 놀이를 하는데 그 모습을 보니까 참 좋더라. 정말이지 내가 슈퍼맨이라면 걔들 싹 데리고 안전한 곳으로, 아니 그럴 필요 없겠다. 슈퍼맨이라면 날아오는 혜성을 한 손으로 막아내겠지.

까불까불거리는 상우의 입에서 생각지 못한 말이 나왔다.

나: 애들한테 랩이라도 불러주지 그랬냐?

내 말에 상우가 잇몸을 드러내며 음흉하게 웃었다.

상우: 불렀지. 그런데 5분도 안 돼서 외면당했어. 애들 말로는 내 랩이 구리대.

친구늘 모누가 낄낄거렸다.

수정: 만약 과거로 갈 수 있는 능력이 있으면 뭐할 거야?
상우: 난 로또 로또. 성공한 래퍼처럼 폼나게 살 거야. 목이랑 팔에 금으로 된 목걸이랑 팔찌도 주렁주렁 하고 전용 헬기도 사고. 수영장 있는 집에 살면서 엄마 아빠가 돈을 펑펑 쓸 수 있게 할 거야. 아, 끝내주는 앨범도 내고.

누구나 그런 꿈을 꾼다. 나 역시도. 하지만 지금은 아니다.

유리: 현실성이 없어. 난 노 코멘트 하겠어.
상우: 우아! 너 있어 보인다.
민규: 나는 지구방위합동본부에 혜성이 날아오고 있으니까 미리 대책을 세우라고 할 거야. 물론 얘기해봤자 믿지도 않겠지. 현실은 영화랑 다르니까.
수정: 나는 중학교 1학년부터 다시 살아보고 싶어. 우리 쌤이랑. 그 때가 좋았잖아.

미투. 수정이 말에 나도 속으로 맞장구쳤다. 우리는 모두 중학교 1학년 때 같은 반이었다. 권수연 선생님은 1학년 때 담임선생님이었다. 우물 안 세상에서 막 벗어난 청개구리 같은 우리를 선생님은 따뜻하게 보듬어 주었다. 말을 할 때 '우리'라는 말을 많이 해서 자연스럽게 우리 쌤이 되었다. 긍정보다는 부정, 행복보다는 불행에 가까운 우리에게 우리 쌤은 우리가 세상의 무엇보다 소중한 존재라고, 충분히 사랑받을 수 있다고 침을 튀기며 강조했다.

처음에 콧방귀를 뀌던 우리는 어느 순간 세뇌를 당했고 우리 반에서는 어느 누구도 소외받지 않았다. 학년이 바뀔 무렵에 우리는 1년에 한 번씩, 8월 마지막 주 일요일에 만나기로 했다. 그 만남은 4년이 지난 지금까지도 이어지고 있다.

"아 씨이이 트리즈 오브 그린 레드 로우지즈 투."

익숙한 노래가 흘러나왔다. 유리는 음악에 맞춰 몸을 가볍게 흔들었고 우리는 어느 누구도 유리한테 휴대전화를 빨리 받으라는 소리를 하지 않았다. 유리는 벨소리 노래를 조금 더 듣다가 휴대전화를 받았다.

유리: 아, 왜? 나 지금 방송 중이야. 거짓말 안 한다고.

수정: 스피커로 통화해.

유리: 얘 완전 욕쟁이야.

상우: 우리는 방송 심의 그런 것 없어. 그냥 해.

유리가 못마땅한 표정을 지으며 휴대전화를 스피커 모드로 바꿨다.

유리: 야, 진짜 방송이야. 욕 조금만 해.

민규: 희철이 안녕!

희철: 어? 이봐 이봐. 민규 형 만나서 놀면서 구라 치고.

수정: 유튜브 방송 맞아. 거기 '안녕 크리스털'이라고 치면 나와.

희철: 어? 진짠가 보네. 누나 미안.

상우: 상황 판단이 정말 빠르네. 너 게임도 잘하겠다.

희철: 헤헤, 제가 끝내주죠. 잠시만요. 누나, 오늘 저녁에는 집에 미리 와 있어.

유리: 왜에? 지금 어딘데?

희철: 양수리. 이쪽에서 한 바퀴 돌고 가면 한 8시쯤에 들어갈 거야. 그러니까 집에 있어, 알았지?

유리: 아유, 정말. 네가 왜 간섭이야?

희철: 우리 집의 평화를 위해서지. 불 꺼진 집 별로야, 별로.

유리: 너는 네 멋대로 살면서 왜 나한테 그래?

상우: 방송을 이렇게 해도 돼?

수정: 상관없어.

민규: 자연스럽고 좋은데 뭘.

한참 티격태격하던 유리가 알았다고 하자 희철이는 전화를 끊었다.

민규: 얘 동생이 우리나라 법을 바꾼 애잖아.
수정: 뭐어?
상우: 왓?
민규: 스쿠터 타는 게 만 16세가 되어야 하는데, 지가 타고 싶다고 1인 시위한 애. 걔가 얘 동생이야.

민규의 말에 유리가 브이를 그렸다.

수정: 인터뷰 좀 할걸.
유리: 그냥 자기 타고 싶어서 그런 거야. 엄마랑 아빠까지 스쿠터 가족이 돼서 전국을 돌아다니는데, 문제는 내가 집에 있는지 없는지 시시때때로 감시한다는 거지. 아오, 열 받아서 정말…….
상우: 너는 가족이랑 같이 안 타?
유리: 왜 그래야 하는데?
수정: 가족이라고 모든 일을 같이 할 필요는 없어.
나: 그건 그렇지. 그냥, 가족은…….

수정이 말이 맞다. 가족이라고 해서 내가 싫어하는 일을 하라고 할 권리는 없다. 예를 들어 나는 오이가 싫다. 향도 씹히는 식감도 싫다.

엄마가 오이 무침을 한다고 해서 억지로 먹을 필요는 없다. 오늘도 후줄근한 옷차림으로 나서던 아빠가 생각났다. 연극배우인 아빠는 오늘도 공연이 있다고 했다. 공연 제목이 '101 프로젝트'라고 했다. 잘하라는 내 말에 아빠는 어색해하면서 고맙다고 했다. 생각해보면 아빠가 하는 일을 진심으로 응원했던 적이 별로 없었다. 그냥 아빠니까 응원하는 척했을 뿐. 너무 철이 없었다.

나: 서로 하고 싶은 걸 응원하는 거지 뭐.

모두 내 말이 맞다는 몸짓을 했다.

민규: 맞아, 가족은 응원하고 믿어주고 기다려주는 거. 나는 우리 사촌, 승원이 형이 메이저리그 갈 줄 알았어. 유소년 야구할 때부터 날렸거든. 근데 야구부의 나쁜 새끼들 때문에…….

민규가 말을 제대로 못 잇자 유리가 민규의 어깨를 툭 쳤다.

민규: 응급실에 있는데 전부 죽는다고 했어. 병원에서도 가망 없다고 했고 그냥 눈만 뜨고 있어. 근데 큰아빠랑 큰엄마는 포기 안 하더라. 응급실에서 일반 병실로 옮겨서 상태가 좋아진 줄 알았는데, 응급실 병상이 많지 않아서 그런 거더라고.

수정: 지금은 어때?

유리: 아직 병원에 있어.

상우: 우리 기도하자.

장난을 치려나 싶어 상우를 쳐다봤지만 상우의 표정은 진지했다.

상우: 기적이라는 것도 있잖아. 뇌사였는데 깨어난 사람도 있고. 우리 엄마 말로는 기도발이라는 게 있대. 여러 사람이 함께 빌어주면 기도의 힘이 더 커져서 이루어진데.

수정: 혹시 방송 보는 친구들 있으면 함께 빌어줄래? 이 친구 사촌형이 깨어나라고.

수정이가 양손을 모으고 눈을 감자 모두 기도를 했다. 나도 함께 했다. 얼굴도 모르는 민규네 사촌 형을 위해. 그러자 예전에 했던 기도가 떠올랐다. 그 기도는 작년 오늘이었다. 선선한 바람 덕분에 놀기 좋은 날이었다. 복잡한 수학 공식과 싸우는데 휴대전화가 울렸다. 상우였다. 딱히 친하지 않아서 전화를 받을까말까 망설였다. 벨소리가 끊기고 난 뒤 문자 메시지가 왔다.

권수연 선생님 돌아가심.
전원병원 장례식장 103호.

잘못 읽은 것 같아 다시 읽었다. 장례식장에 가면서 몇 번이나 기도를 했다. 사실이 아니기를. 우리 쌤이 웃으면서 '깜짝 놀랐지' 하며 나타나 주기를. 기적은 없었다. 쓸쓸하고 초라한 빈소였다. 권 선생님의 남동생 2명만이 넋이 나간 표정으로 문상객을 맞고 있었다. 나는 아니 우리는 몰랐다. 우리 쌤이 백화점 붕괴 사고로 남편과 아이를 잃은 줄은. 한 달 전에 만났을 때만 해도 선생님은 우리와 함께 웃고 떠들었다.

"모두 건강하고 잘 지내! 하고 싶은 일 있으면 참지 말고, 지금을 즐겁게 지내는 게 중요해. 시이즈 더 데이!"

그게 마지막 인사일 줄은 몰랐다. 우리 쌤이 죽으면서 8월의 모임은 사라졌다. 오늘은 우리 쌤의 1주기이다. 혹시나 하고 온 교실에 친구들이 와줘서 진심으로 기뻤다.

수정: 우리 쌤 보고 싶다.

유리: 어차피 죽을 건데 조금만 참지.

민규: 억지로 참으신 거야. 사는 게 지옥이지 않았을까.

상우: 우리 만나려고 참으신 거겠지.

민규의 말에 모두의 표정이 침울해졌다. 나는 이렇게 방송이 나가도 되는지 몰라 수정이와 눈을 맞췄다. 안경 너머로 보이는 수정이의 눈빛은 변함이 없었다.

수정: 방송 보는 친구들 미안. 지금 여기 나온 친구들은 모두 중딩 때 친구들이야. 우리 쌤이라고 아주 좋은 쌤이 계셨거든. 일 년에 한 번 만났는데 작년에 우리 쌤이 돌아가셨어. 오늘은 우리 쌤 1주기인 날이야. 꿀꿀한 분위기 싫으면 그냥 다른 방송을 봐. 오늘 방송은 멋대로 방송이니까. 화면에 사람들의 반응이 올라왔다.

항균티슈: 헐.
작살하나: 꿀꿀한 분위기 어쩔?
울지 마2: 머지머지?
wlrndidkssud: 안 본 눈 삽니다ㅠㅠ
완전이쁜니: 아앙 슬프뮤ㅠ
청순호박: 선생님 추모 방송이네. 우리 클스탈이랑 친구들 개 착함!!!
♥지오: 마자 마자 짱짱!
무한궤도: 울지마. 울지마.

수정이는 노련한 방송 진행자처럼 차분하게 분위기를 이끌었다. 시청률이나 대상을 신경 쓸 필요 없이 온전히 우리를 위한 방송이었다.

수정: 나는 정말 좋은 대학 가려고 했어. 당연히 무조건 직진. 공부 외에는 무조건 참았어. 공부랑 상관없는 모든 일에 귀를

막고 눈을 감고 살았지. 좋은 대학 나와도 취직 못 할까 하는 생각은 해본 적 있지만 열여덟 살도 안돼서 죽을 줄은 꿈에도 몰랐어. 기가 막혀서 정말. 이럴 줄 알았으면 그냥 놀기나 할걸. 그래서 좀 억울해.

상우: 난 네가 공부를 좋아해서 미친 듯이 공부하는 줄 알았지.

수정: 세상에 그런 미친 애도 있어?

수정이 말에 모두가 웃음을 터트렸다.

민규: 난 어른이 되어도 별로 좋은 어른은 안 됐을 것 같아.

유리: 그래도 최소한 나쁜 어른은 안 됐을 거야. 내가 보장해.

민규가 빙구 같은 표정을 지었다.

상우: 난 대통령이 되고 싶었는데. 물론 그 전에 투표도 못 하고 죽을 줄은 몰랐지만. 예이 예~ 헤이 요, 아이 원 투 비 어 프레지던트, 레알, 큭큭.

유리가 야유를 퍼붓자 모두가 웃었다. 우리는 소소한 이야기를 하며 시간을 보냈다.

수정: 우리 각자 영상 메시지를 남기자.

민규: 그런 거 해서 뭐하게?

유리: 그냥 해.

민규: 옙, 마님.

상우: 그래, 이런 거 좋다. 연예인들 나와서 카메라 보고 그러는데 나도 해볼래. 혹시 모르잖아. 우리가 사라져도 이 영상이 남아 있을지. 누가 먼저 할래? 난 좀 있다가 할래. 프리스타일 랩이 쉬운 게 아니걸랑.

모두가 눈치를 살피는데 민규가 손을 들었다. 난 카메라의 앵글을 민규의 얼굴에 맞췄다.

민규: 안녕, 봄아!

유리: 어느 년이야?

민규가 화면 밖으로 벗어나 유리한테 귓속말을 했다. 다시 화면 안으로 민규가 들어왔다. 유리가 수정이 귀에 대고 속삭이자 수정이가 고개를 끄덕였다.

민규: 봄아, 하늘나라에서 잘 지내고 있지? 죽는 게 어떤 건지 잘 모르겠어. 어떤 때는 겁이 나고 어떤 때는 화도 나고 그래. 그

래도 봄이 네가 있는 세상에 가는 거라고 생각하면 마음이 편해져. 사람이 죽으면 먼저 가 있던 반려동물이 나온다는 이야기가 있어. 우리 가족 모두 그 얘기를 무진장 좋아해. 내가 죽어서 하늘에 가면 네가 꼬리를 흔들며 마중 나올 거니까. 우리 봄이, 조금만 기다리면 엄마랑, 아빠랑, 오빠까지 가니까 꼭 마중 나와.

무뚝뚝한 민규가 손 키스까지 날렸다. 봄이는 민규가 10년을 키웠던 잡종 개였다. 죽은 지 5년이 넘었지만 계속 마음에 남아 있었나 보다.

수정: 음, 우리가 사라지는 순간은 아주 잠깐이래. 악 소리를 낼 시간도 없이 사라지니까 무서워하지 말라고. 그냥 하는 얘기가 아니라 천문학자인 우리 아빠가 한 말이니까 믿어도 돼. 아빠 말로는 모든 생명체가 사라져도 지구는 자전축이 조금 자리를 이동하는 것 말고는 여전히 있을 거래. 우리가 퇴장하면 지구는 다시 시작하는 거지. 내가 무슨 얘기를 하는 건지 모르겠는데 하여튼 지구 걱정은 하지 말라고. 나중에 지구가 새롭게 시작한다면 음…… 싸움이나 전쟁은 없었으면 좋겠고 가난이나 기아도 없었으면 좋겠어. 그리고 지금 우리처럼 하고 싶은 거 하면서 살았으면 좋겠어. 잘못한 일이 있으면 사과하

고 사랑한다는 말도 하고, 좋아하는 사람이랑 맛있는 식사도 하고 즐겁게, 사랑하면서.

상우: 예이, 브라보!

상우가 일어서서 박수를 치자 모두가 따라 일어나 박수를 했다. 유리가 수정이를 껴안았다. 잠시 뒤 네 명은 다시 자리에 앉았다.

유리: 수정이가 너무 멋진 말을 했네. 이럴 줄 알았으면 내가 미리 말할걸. 알겠지만 난 뻔하고 시시하고 그런 아이였고 예쁜 얼굴이나 쭉 뻗은 몸매, 좋은 피부 같은 것에 신경 쓰고 살았어. 그래서인지 내가 사라진다는 것이 전혀 실감나지 않아. 민규는 봄이가 마중 나온다고 했는데 난 우리 쌤이 마중 나올 거라고 믿을래. 우리 쌤의 가족들이 그 끔찍한 사고와 관련이 있는 줄 몰랐어. 괜히 기분 꿀꿀해져서 안 보고 안 들었어. 알아봤자 내가 뭘 할 수 있다는 생각도 못 했고. 쌤이 죽고 나서야 그때 내가 얼마나 이기적인지 알았지.

헛기침을 하는 유리의 눈자위가 붉어졌다.

유리: 많이 외로웠겠다는 생각이 들었어. 나처럼 모른 척하는 사람들이 없었다면, 함께 있어줬다면 우리 쌤이 죽지 않았을 것

같아서. 자주 가는 편의점이 있는데 거기 알바 언니가 기억 수집가 일을 해. 그 언니가 알려줬어. 기억은 힘이 있다고, 사는 동안 절대 빼앗기지 않는 힘이 있다고 했어. 우리 쌤이 없어서 슬프지만……. 에이, 분위기 이상해지네. 그래서 쌤, 반성하고 기억하고 있으니까요. 외롭지 말라고요. 젠장!

민규: 그래 젠장!

민규가 휴지를 건네자 유리는 몇 번이나 코를 풀었다. 코끝이 벌겋게 변한 유리가 금세 화장하는 모습이 웃겼지만 그것도 유리다웠다.

상우: 김 피디, 너도 한마디 해.

나는 순간 멈칫했지만 자연스럽게 상우와 자리를 바꿨다.

민규: 이 자식, 어깨 굳은 거 봐라. 긴장 풀어. 열 명도 안 본다.

민규의 말에도 쑥스럽긴 마찬가지였다. 나는 평소 아주 잘난 사람이 되어 텔레비전에 나오고 싶었다. 어쨌든 방송에 나오는 거니까 꿈을 조금은 이룬 셈이라고 할까. 텔레비전에 나와서 모두에게 한 방을 먹이고 싶었다. 아빠를 무시하는 친척들한테, 그리고 또 한 사람에게.

나: 내가 없어진다는 게, 내가 더는 생각을 할 수 없는 존재가 되면 슬프겠지? 하핫, 난 오늘을 보통의 하루라고 생각하고 살 거야. 내일도 그다음 날도, 마지막 날도. 사는 동안 멋진 일을 했으면 좋았을 텐데. 나쁜 일은 안 했으니까 쌤쌤이겠지? 그리고…… 음, 엄마 있지. 엄마가 다시 돌아오겠다고 한 약속. 지금은 지키지 못하고 있지만 지킬 걸로 생각해. 엄마가 나한테 올 시간이 아직 많이 남아 있거든. 엄마가 없었지만 나랑 현민이는 아주 잘 지냈어. 열심히 잘 살았다는 걸 엄마한테 알려주고 싶은데 방법이 없네. 내가 엄마 사랑한다는 거 말하고 싶었어. 그리고 우리 쌤, 잘 지내고 있죠? 곧 만날 테지만 미리 고맙다고 말할게요.

정말 다행이다. 17여 년 동안 좋은 일도 못 했지만 나쁜 일도 하지 않아서. 우리 쌤 덕분이다. 극단만 신경쓰는 아빠와, 약속을 지키지 않는 엄마를 향한 증오가 극에 달했을 때 집을 나왔다. 거리에서 만난 아이들과 어울려 헤매고 있을 때 우리 쌤이 나를 찾아냈다. 분노로 날뛰는 나를 우리 쌤은 당신의 집에 데리고 가서 보살펴주었다. 그때의 시간 덕분에 아빠와 엄마를 이해하지는 못해도 사랑하려고 노력하게 되었다.

상우가 테이블을 치웠다. 민규도 거들었다. 상우는 특별한 조명이나 장치도 없는 무대지만 자신의 특기를 발휘했다. 상우의 비트 박스가 교실에 울려 퍼졌다. 중학교 1학년 때 우리는 때때로 쌤과 함께 책상을 뒤로 물린 뒤 놀았다.

상우: 헤이, 요 맨! 너희에게, 오늘 함께해줘서 땡큐, 익스트리멀리 땡큐! 오늘은 특별한 날, 기억할 날. 우리 쌤 이름은 갓수연, 신수연, 진짜 이름은 권수연! 우리 쌤은 떠났지만 우리 만남은 행복해, 우리 기억은 영원해. 남은 시간 일주일, 세이 왓?

우리 모두 일주일이라고 크게 외쳤다.

상우: 여긴 지구 북위 37.5도, 한국. 한국의 작은 교실. 언제나 달아나고 싶은 교실, 지금은 모이고 싶은 교실, 내 꿈은 래퍼, 그냥 래퍼 말고 전설의 래퍼. 비겁한 강자에게 무릎 꿇지 않고 신나는 배틀로 발라버리려고 했지, 하지만 몰랐어. 혜성이 날아올 줄, 인류가 사라질 줄. 하지만 괜찮아. 지금 신나게, 즐겁게 랩을 하잖아. 좋은 친구들이 옆에 있잖아. 다들 여기 모여봐, 내가 네게 알려줄 말은 한 가지. 시이즈 더 데이!

우리는 자연스럽게 '시이즈 더 데이!'라는 말을 따라 외쳤다.

상우: 울지 마, 슬퍼 마, 제대로 살자, 즐겁게 살자. 뛰어봐, 뛰어봐, 날아봐, 날아봐!

우리는 모두 함께 방방 뛰었다. 아주 오래전 쌤과 모든 친구가 노래를 부르며 방방 뛰었던 것처럼. 아래층 교실에서 뛰어오던 선생님과 구경하던 다른 반 친구들이 없어서 살짝 아쉬웠다. 사람 한 명 없는, 먼지와 암흑밖에 없는 지구가 어떤 별로 남을지 궁금하다. 가늠할 수 없는 시간이 흐르고 흘러 새로운 생명체가 나타날 때까지 외롭지만 잘 버티겠지? 이제 이런 생각은 그만, 지금은 친구들과 함께 춤을 출 때다. 그렇게 세상 끝의 일주일을 맞이하고 있다.

존레논: 놓지 마! 정신줄 ㅋㅋㅋㅋㅋㅋㅋ

♥지오: 얘드라, 풋쳐 핸접!

bangbang: 헐 저게 춤임!!!! 돈두댓!!!!!!

♥지오: bangbang ㄲㅈ!

다람다람: 달려 달려!

wlrndidkssud: 으아아아아아아아아~~~~~~~~~ 예에!!

무한궤도: 1학년 3반 뽀에버!

우리쌤: 사랑해♥

작가의 말

가망 없는 세상에서 피어난 믿음

이 세상이 더는 가망이 없어서, '모든 생명이 죽을 수밖에 없는 상황'을 만들었다. 인류를 제외한 생명체나 착한 사람들은 남겨놓고 싶었지만 선별 작업이 공정치 않을 것 같아 돈과 권력이 있어도 빠져나갈 수 없는 종말로 대신했다.

시시각각 다가오는 죽음 앞에서 우리 인간은 무엇을 하며 시간을 보낼까?

인류 종말을 다룬 영화나 소설에서처럼 무자비한 폭력이나 방화, 약탈을 하는 상상을 쉴 새 없이 떠올렸지만 이내 고개를 저었다.

푸른 불일 때 건너고 빨강 불일 때 서는, 타인의 아픔에 눈물을 흘리는, 딱히 훌륭한 일은 못 했지만 나쁜 일도 하지 않는, 평범한 사람들은 그런 식으로 시간을 보내지 않으리라는 확신만 더해졌다.

잘못한 일이 있으면 사과하고 그리운 존재가 있다면 찾아보고 마음에 박힌 가시는 빼내고 좋아하는 사람과 음식, 음악, 추억을 함께 하지 않을까.

이처럼 인류의 종말 앞에서도 우리가 할 수 있는 일은 지금 우리가 할 수 있는 일과 별반 다르지 않다.

《세상 끝의 일주일》은 최후의 순간을 맞이하는 보통의 사람들 이야기다. 그리고 아무리 극단적인 상황이라고 할지라도 인간다움을 보여주는 사람에 대한 나의 기대와 믿음이 담긴 이야기다. 세상이 끝난다고 해도 지금 우리가 사는 날은 반갑고 안녕하기를, 고만고만한 우리끼리 서로를 위로하며 잘살기를 바란다.

인류 종말을 안타까워하며 도움말을 주신 한국천문연구원 문홍규 박사님과, 귀한 공간을 내어준 토지문화관, 그리고 기억의 힘을 믿고 오늘을 기록하는 모든 분들께 감사의 말씀을 드린다.

2019년 서화교

주니어김영사 청소년 문학 12

세상 끝의 일주일

1판 1쇄 발행 | 2019. 3. 18.
1판 3쇄 발행 | 2020. 7. 11.

서화교 지음 | 이강훈 그림

발행처 김영사
발행인 고세규
편집 김인애 **디자인** 김동희
등록번호 제 406-2003-036호
등록일자 1979. 5. 17.
주소 경기도 파주시 문발로 197(우10881)
전화 마케팅부 031-955-3100 편집부 031-955-3113~20
팩스 031-955-3111

값은 표지에 있습니다.
ISBN 978-89-349-8432-0 43810

좋은 독자가 좋은 책을 만듭니다. 김영사는 독자 여러분의 의견에 항상 귀 기울이고 있습니다.
전자우편 book@gimmyoung.com | 홈페이지 www.gimmyoungjr.com

이 도서의 국립중앙도서관 출판시도서목록(CIP)은 서지정보유통지원시스템 홈페이지(http://seoji.nl.go.kr)와 국가자료공동목록시스템(http://www.nl.go.kr/kolisnet)에서 이용하실 수 있습니다. (CIP제어번호 : CIP2018041144)

어린이제품 안전특별법에 의한 표시사항
제품명 도서 **제조년월일** 2020년 7월 11일 **제조사명** 김영사 **주소** 10881 경기도 파주시 문발로 197
전화번호 031-955-3100 **제조국명** 대한민국 ▲**주의** 책 모서리에 찍히거나 책장에 베이지 않게 조심하세요.